W0302213

Mario Schlembach

Nebel

für Opapa

„Wie Orpheus spiel ich
auf den Saiten des Lebens
den Tod.“

Ingeborg Bachmann

„Vater verstorben. Beerdigung in drei Tagen“, höre ich die Stimme der Bestatterin, nachdem ich von einem Spaziergang durch den stillgelegten Friedhof zurück in mein kleines Zimmer komme und die Nachrichten abrufe. Ihre Stimme ist mir vertraut, obwohl ich sie so viele Jahre nicht mehr gehört habe. Monoton spricht sie alle Worte bis auf die letzte Silbe zu Ende, als wäre jedes für sich eine abgeschlossene Welt und keinem Satz zugehörig.

„Vater verstorben.“

Immer wieder spule ich zum Anfang.

Wann, wo und wie ist er gestorben? Ich möchte nicht mit unnötigen Fragen stören und rufe nicht zurück. Der Leichnam muss bereits freigegeben worden sein, wie ich denke, wenn der Bestattungstermin feststeht.

Wohl ein natürlicher Tod.

Ich nehme einen Nachtzug in meine Heimat. Starr blicke ich in die Umrisse der Augen vor mir, die sich im Fenster widerspiegeln. Ein fettleibiger Mann quetscht sich in den gegenüberliegenden Mittelsitz des Abteils. Ich verliere mich im Rhythmus seiner Atemzüge und in der kratzigen Melodie seiner schlaffen Stimmbänder. Die Monotonie beruhigt mich. Gemeinsam mit dem Rattern der Schienen und der Vibration des Untergrunds hüllt mich all das in eine warme Melancholie.

Stunden vergehen, in denen ich meinem Spiegelbild und seinem Atem ausgesetzt bin. Ich sehe ein Gesicht in der Ferne, dessen Züge ich nicht deuten kann. In jeder Falte eines Fremden erkenne ich hunderte Geschichten, aber hier, so unmittelbar vor mir selbst, ist nichts als eine große Leere.

Mein Blick verschwimmt vor meinem Leben.

Wie lange irre ich schon in diesem Nebel?

Am frühen Vormittag steige ich um. Ein Regionalzug bringt mich wenige Kilometer vor die Grenze. Um diese Uhrzeit fahren die Menschen üblicherweise in die entgegengesetzte Richtung. Ich sitze alleine in meinem Abteil, im Gestank einer vergangenen Masse, und umklammere meine Fahrkarte.

Vom verlassenen Bahnsteig aus beginne ich meinen Fußmarsch durch die Provinzstadt. Die Bestattung liegt auf der anderen Seite. Ich durchquere das menschenleere Zentrum: geschlossene Geschäftslokale, verwaiste Cafés und Büroräume. Der Verputz bröckelt von den Hauswänden. Hinter den Schaufenstern nichts als Tristesse.

An einem Kreisverkehr warte ich, um die Straße zu passieren, und lese die roten Lettern über dem Eingang des Hauses:

„*BESTATTUNG*“

Die Fassade ist in einem dreckigen Gelb, das jegliches Leuchten verloren hat.

Ich öffne die Eingangstür und warte im Vorzimmer. Die Bestatterin ist gerade mit einer Kundschaft beschäftigt, wie ich aus den dumpfen Geräuschen schließe, die aus dem Büro dringen. Kein klares Wort kann ich verstehen.

Ab und zu ein lautes Schluchzen.

Ich setze mich. An der Wand hängt das Bild eines saftig grünen Waldes im Morgentau, durch den sich das erste Licht des Tages kämpft.

Das Telefon läutet.

„Wir haben einen Sterbefall“, vernehme ich dumpf aus der Ohrmuschel des giftgrünen Wählscheibentelefons und reiche meinem Vater den Hörer. Als Kind nehme ich jeden Anruf entgegen und spiele den Sekretär.

Die Bestatterin ruft bei uns an, um sich den Termin für ein Begräbnis bestätigen zu lassen. Mein Vater, der Totengräber, weiß oft bereits vor ihr, dass jemand gestorben ist. In so einem kleinen Dorf verbreitet sich die Nachricht eines Ablebens wie ein Lauffeuer. Trotzdem ändert sich das Ritual ihres Gespräches nie – die immer gleichen Begrüßungsformeln und Abschiedsfloskeln.

Ich warte ungeduldig, bis mein Vater auflegt und mir von den Einzelheiten berichtet: Wer ist gestorben, wann, wo und wie? Sobald ich die Stimme der Bestatterin höre, dreht sich das Lotterierad in mir und ich suche nach möglichen Kombinationen: Alt, Zuhause, Herzinfarkt ist stets die sicherste Wette. Alles andere sind kaum zu erratende Verbindungen im schier endlosen Variablenmeer des Todes.

Die Tür öffnet sich. Gestützt von ihrer etwa sechzigjährigen Tochter, verlässt eine alte Frau das Besprechungszimmer und ich trete ein.

Mein Vater ist im Schlaf gestorben, wie mir die Bestatterin in ihrem nüchternen Ton mitteilt. Die Wette mit mir selbst hätte ich verloren, denn stets habe ich gedacht, dass er eines Tages während der Arbeit sterben würde. Wenn etwas erledigt werden musste, hat er für seinen Körper keine Grenze gekannt.

Der Bestatter hat meinen Vater gefunden, als er ihn zu einem Leichentransport mitnehmen wollte. Soweit ich mich zurückerinnern kann, hat er bei Abholungen und als Sargträger geholfen. Der Anblick sowie der Gestank der Leichen haben ihn nie berührt. In den Gräbern ist ihm bei weitem Schlimmeres untergekommen.

Wie üblich hat der Bestatter das Gartentor geöffnet und nach meinem Vater gerufen. Als aber keine Antwort gekommen ist, ist er zum Fenster gegangen und hat ihn auf seiner Pritsche in verkrümmter Stellung liegen gesehen.

Jede Hilfe ist zu spät gekommen.

In meine Gedankenverlorenheit hinein, sagt die Bestatterin, dass ich mich um nichts kümmern müsse. Mein Vater hätte ihnen bereits alles gesagt, seine Dokumente hinterlegt und seine Wünsche bezüglich seiner Trauerfeier geäußert: Ein schlichtes Begräbnis ohne Geistlichen, ohne Musik und ohne großes Tamtam.

Ich nicke und muss ihr vertrauen. Sie hat meinen Vater in diesen letzten Jahren besser gekannt als ich. Nie habe ich mit ihm über sein Begräbnis gesprochen und gedacht, dass er genauso begraben werden möchte, wie die Menschen, die er unter die Erde gebracht hat.

„Für den Aushub des Grabes suchen wir noch jemanden", erwähnt die Bestatterin beiläufig. Es dauert etwas, bis das Gesagte in mich eindringt. Mehr zu mir selbst als zu ihr murmle ich:

„Ich kümmere mich darum."

Als sie ansetzt, um das Gesagte zu hinterfragen, wiederhole ich bestimmt:

„Ich kümmere mich darum!"

Irritation nehme ich in ihren Augen wahr, die sie mit Worten zum Ablauf des Begräbnisses überspielt.

Nachdem wir alles Weitere besprochen haben, reicht sie mir den Schlüsselbund meines Vaters. Ich bedanke mich und trete aus der Tür, neben der ein junger Mann auf das Bild vor ihm starrt.

Es sind wenige Schritte bis zur Bushaltestelle. Das Gymnasium, in dem ich acht Jahre meines Lebens verbracht habe, liegt nur einige Meter weiter. Ich setze mich und warte wie das Schulkind von damals, um nach Hause zu kommen. Alle Erinnerungen und Bilder, die sich vor meinem inneren Auge ausbreiten wollen, blocke ich ab.

Der Bus fährt ein. Kinder in den hinteren Reihen. Sie schreien. Im Lärm lässt sich kein klares Wort deuten. Die schiere Willkür der Geräusche übertönt meine Gedanken. Ein, zwei Stationen in der Stadt, die Landstraße hinaus, keine fünf Kilometer und ich steige aus.

Ich gehe an der Volksschule vorbei, hinunter in den alten Teil des Dorfes, wo in einer Quergasse *Am Graben* das Haus steht, in dem Vater gestorben ist. Beim letzten Telefonat hat er mir erzählt, dass er unsere Landwirtschaft, die etwas außerhalb liegt, verkauft und wieder in das verfallene Haus seiner Kindheit zieht, in dem er auch geboren wurde. Als ob er noch einmal zurück, zurück zum Anfang will, habe ich mir gedacht, aber geschwiegen.

Seit Jahrzehnten hat niemand mehr in der Ruine gewohnt. Die Kinder der Ortschaft nennen sie seit jeher: *Die Geisterbude.*

Vor der Einfahrt des Hauses bleibe ich stehen. Äste eines Baumes ragen über den Gehsteig. Efeu überwuchert die Mauer. Ich öffne das Tor.

Rechts das gelbbraune Haus, links die mit Kalk gestrichene Werkstatt mit grünen Türen und Fenstern, und dazwischen der weitläufige Garten, der durch einen Apfelbaum geteilt wird.

Es gleicht einem Wunder, dass das Haus noch steht. Das Dach ist an manchen Stellen, durch den schweren Schnee des Winters, eingedrückt und einige Ziegel fehlen. Es ist für mich kaum zu glauben, dass Vater seine letzten Tage hier verbracht hat.

Nach einigen Versuchen finde ich den richtigen Schlüssel für die morsche Eingangstür. Ich trete zwei Schritte hinein und sehe völlig ramponierte Räume. Das Innenleben des Erdgeschosses hat Vater bis auf die Grundmauern herausgerissen. Über eine Holztreppe gelange ich zur oberen Etage. Das Kinderzimmer ist unberührt.

Überall liegt Staub. Die Luft ist feucht und riecht nach Schimmel. Nichts deutet darauf hin, dass jemand hier gelebt hat, und nichts finde ich, das auch nur ansatzweise auf meinen Vater hinweisen könnte: Bücher, Fotos, Notizen, Erinnerungsstücke. Nichts! Aber das entspräche ihm auch nicht.

Bei jedem Ausflug, wenn ich die anderen Familien mit Fotoapparaten sehe, frage ich:

„Machen wir keine Fotos, Papa?"

Und er deutet mit dem Finger an meine Stirn und sagt:

„Ja, da!"

Bevor ich zur Ruhe komme und die Gedanken über mich hereinbrechen, stelle ich meine Tasche am Fuß der Treppe ab und entscheide mich für einen Spaziergang.

Es ist Nachmittag. Ich habe den ganzen Tag nichts gegessen und gehe hinauf zum kleinen Laden, der als Einziger über Generationen hinweg überlebt hat. Eine alte Frau in einer grünen Arbeitsschürze begrüßt mich freundlich hinter der Theke. Ich bestelle eine Wurstsemmel mit Essiggurken, die sie in einem gemächlichen Tempo, das dem Takt ihrer Sätze gleicht, zubereitet, und gehe hoch zum Friedhof. Kleinkinder schreien aus dem Hort direkt daneben, wo auch ich von meinem Vater abgesetzt wurde, wenn er eine Arbeit zu erledigen hatte.

Der Friedhof liegt auf einer Anhöhe am Südrand des Ortes. Er umschließt die mittelalterliche Kirche, die auf den Grundmauern eines römischen Kastells erbaut wurde. Ihr gotischer Wehrturm mit seinem achteckigen Aufsatz und Pyramidenhelm ragt in den Himmel.

Glockenschläge.

Die Blumen auf unserem Familiengrab sind verwelkt. Ich setze mich auf die Parkbank gegenüber, packe meine Jause aus und mache den ersten Biss, während der Wind über die Gräber peitscht.

An mein erstes Grab kann ich mich nicht erinnern. Die Gräber meiner Kindheit verwischen zu einem einzigen Ablauf, der sich ständig wiederholt. Es existieren für mich keine Menschen, keine Namen in der Erinnerung, nicht das Verständnis für die Tätigkeit. Mein Vater gräbt ein Loch. Mehr ist es nicht. Der Rest ist Faszination und Neugier eines Kindes; das gute Gefühl, Teil sein zu dürfen, einen Beitrag zu leisten und zum ersten Mal wie ein Erwachsener behandelt zu werden, der Verantwortung trägt, arbeitet und einen Zweck erfüllt.

Kurz nach sieben Uhr morgens kommen wir am Friedhof an und gehen zur Aufbahrungshalle, wo der Sarg bereits in der Kühlung liegt. Mein Vater nimmt ein Maßband zur Hand und kontrolliert die Breite: achtundsechzig Zentimeter an der Kopfseite, die auf zweiundsechzig Zentimeter zusammenlaufen. Das ist die Norm, die je nach speziellen Modellen und Übergrößen variieren kann. Vor allem bei Griffen an der Truhe, die meist überstehen, müssen wir aufpassen, damit wir nicht zu eng graben.

Aus der Totengräberkammer ziehen wir einen Anhänger, auf dem die Einzelteile unserer Erdkiste liegen. Vor dem Grab bleiben wir stehen. Stück für Stück bauen wir unsere Kiste auf, die sich aus schweren Eisenteilen für den Unterbau, zwei Holzböden und Wänden aus Aluminium zusammensetzt. Nachdem sie steht, gehen wir zurück in die Kammer und beladen die Scheibtruhe mit einer Rolle Dachpappe, zwei Schaufeln, einem Spaten, einem Krampen, einer Kelle, einem Kübel mit Hammer und Stemmzeug, einem Rechen, einer Axt, einem Besen und einer Messlatte.

Mein Vater sticht als Erstes die Blumen aus, während ich die Dachpappe auf die richtige Länge zuschneide und in der Kiste platziere. Ohne die Pappe würde die lehmige Erde beim Hinabkippen hängen bleiben. Vater zeichnet achtzig Zentimeter in der Breite an und beginnt zu graben.

Ich stehe daneben und warte auf Anweisungen. Reiche meinem Vater den Spaten, wenn er danach verlangt, gebe ihm die Axt, wenn die Wurzeln der umliegenden Bäume ins Grab gewachsen sind, und fahre mit der Scheibtruhe ab, sobald er sie mit Erde, Steinen und allem, was nicht ins Grab gehört, gefüllt hat. Zehn Scheibtruhen führe ich durchs Gräberlabyrinth, was in etwa dem Volumen eines Sarges entspricht und sonst beim

Zuschütten einen zu großen Erdhügel hinterlassen würde. Mit der Zeit muss mein Vater kein Wort mehr sagen. Alle Bewegungen zwischen uns sind eingespielte Rituale.

Ich starre gebannt ins Loch. Ein jeder Stich bringt Neues hervor. Die ersten Knochen, die ich sehe, gleichen abgebrochenen Ästen und haben nichts Fürchterliches an sich. Mir graust nicht vor ihnen. Meine Augen werden größer, wenn mein Vater auf die Tiefe des Sarges kommt.

Totenköpfe sind für mich am faszinierendsten. Ich betrachte sie lange, wenn mein Vater einen, zwei, manchmal sogar drei auf die Kiste wirft. Mit einem Stock schiebe ich den Kopf hin und her, um ihn von allen Seiten zu sehen. Manche haben eingeschraubte Zähne. Bei vielen sehe ich Narben auf der Schädeldecke. Gewisse haben einen feinen Schnitt von der Obduktion.

Die Schädel liegen oft als Ganzes oder nur noch in Fragmenten vor mir. Ich sehe Augenhöhlen, Nasenwände, Unterkiefer und Ohransätze. Mache es mir zum Spiel, die einzelnen Knochen beim Namen zu nennen und sie selbst in ihrer gebrochenen Form zu erkennen. Die Oberschenkelknochen sind am einfachsten zuzuordnen, und jene Knochen des Körpers, die auf Grund ihrer Größe und Dicke als Letztes verwesen. Die Wirbel und das Becken sind auch schnell gedeutet, aber beim Rest wird es schwierig: Schienbein,

Rippe, Elle, Speiche oder doch ein Schlüsselbein? Manchmal kommt mir der Gedanke, Doktor zu werden, alleine aus dem pragmatischen Grund, dass ich mir kein Skelett kaufen muss, weil sie so oder so hier am Friedhof herumliegen. Wenn ich von jedem Grab ein paar Knochen mitnehme, dann habe ich bald einen ganzen Menschen zusammen, wie ich denke. Aber meine Faszination geht über die Knochen nicht hinaus.

Die meiste Zeit stehe ich schweigend neben dem Grab. Rette Regenwürmer, die auf der Kiste landen, und sehe gebannt der Schaufel meines Vaters zu. Ich versinke in seinen Bewegungen, bis alles um mich wie in einem Weichzeichner erscheint und ich nur noch das Aufschlagen der Erde in der Kiste höre.

Buff.

Ich ergebe mich dem Rhythmus und lasse meinen Blick über die Gräber schweifen, während mir die Sonne ins Gesicht scheint.

Buff.

Namen, Jahreszahlen und kurze Grabinschriften. Ich verstehe sie nicht und kann aus ihnen nichts, schon gar keine Leben deuten. Nur mein eigenes Spiegelbild sehe ich im hochpolierten Stein.

Buff.

Ich verliere mich in Geschichten, die ich mir zu den eingravierten Namen ausdenke, bis mein

Vater mich aus meiner Trance reißt, indem er sich mit einem Lächeln zu mir wendet:

„Na, was sagst? Tief genug?"

Ich weiß, wir haben die richtige Tiefe erreicht, wenn mein Vater im Loch verschwunden ist. Er reicht mir seine Hand und ich ziehe ihn aus dem Grab.

Auch Totengräber sterben.

Als Kind kann ich mir das gar nicht vorstellen.

Wer soll sie denn begraben?

Ich verlasse den Friedhof und gehe langsam den Hügel hinunter, vorbei an der Aufbahrungshalle, die auf halber Strecke liegt. Haben sie meinen Vater schon gebracht? Ich kenne die Antwort. Den Schlüssel zur Kühlung habe ich eingesteckt. Wenn ich wollte, könnte ich ihn noch einmal sehen.

Die Verbindungen zum Haus sind getrennt – weder Strom noch Wasser laufen. Ich zünde eine Kerze an, um zumindest im schwachen Licht die Umrisse der Dinge zu erkennen. In der Küche liegt ein unberührter Laib Brot, von dem ich ein Stück abschneide und daran herumkaue. Mit einer halben Flasche Rotwein, die noch annähernd genießbar ist, spüle ich es die Kehle hinunter.

Die Luft ist kühl. Ich sitze auf der Türschwelle und blicke in den Garten. Geräusche der Vögel, des Windes – es ist friedlich hier. Ich habe ganz vergessen, wie hell an diesem Ort die Sterne leuchten.

Meine Augen fallen immer wieder zu und ich gehe die Treppen hoch ins Kinderzimmer meines Vaters, das ich, ohne Aussicht auf Erfolg, versuche, vom gröbsten Staub und Spinnweben zu befreien.

Unruhig schlafe ich und wache immer wieder auf. Bilder der Vergangenheit drängen in mein Bewusstsein. Den ganzen Tag über konnte ich sie abwehren, in eine Richtung drängen, in der sie mir nichts antun, mich nicht berühren können, aber hier bin ich ihnen völlig ausgeliefert. Geöffnet oder geschlossen, meine Augen liegen in der Finsternis gefangen und mir bleibt nichts anderes übrig, als es geschehen zu lassen. Habe keine Kraft mehr, um meine Mauern aufrecht zu halten. Wie Blitze fahren die Bilder in mich ein, bis ich im Anblick meiner ersten Leiche verharre.

„Großvater“, höre ich eine Stimme flüstern und schrecke auf.

Großvater lebt wie ein Geist auf unserer Landwirtschaft. Jeden Tag fährt er aus, zieht von Wirtshaus zu Wirtshaus und verkriecht sich danach wieder in seiner Wohnung. Ich rede kaum etwas mit ihm und spüre nur, wie zerstritten er und mein Vater sind. Es gibt keine normale Unterhaltung zwischen ihnen. Auf beiden Seiten schwingt ein anklagender Ton mit. Wenn einer etwas sagt, dann schreit und schimpft der andere. Sie verteidigen sich, wie in die Ecke getriebene Tiere.

Großvater hat sich damals in große Schulden gestürzt, um den Bauernhof außerhalb der Ortschaft aufzubauen, und seinen Sohn gezwungen – in der am Land üblichen Subtilität des Schweigens – ihm dabei zu *helfen.* Vater musste seinen Lehrberuf aufgeben und zum Bauer werden.

Mangels Alternativen trete ich gelegentlich in die Wohnung meines Großvaters, während er seinen Mittagsschlaf hält, und bitte ihn, mich in die Stadt zu bringen. Er schnarcht nicht und es ist totenstill in seinem Zimmer. Jedes Mal, wenn ich die Glastür öffne, denke ich, dass er tot ist. Ich bereite mich stets darauf vor, jetzt und jetzt einen Toten im Bett liegen zu sehen. Kurz halte ich die Luft an, bevor ich zu ihm blicke, und sehe dann, dass Großvater einfach ruhig schläft.

Ich bleibe ein wenig im Türrahmen stehen und beobachte ihn. Er atmet im Schlaf kaum und hat seine Hände auf der Brust verschränkt. Nur wenn ich genau hinhorche, höre ich leisen Atem aus seinem Mund dringen. Seine faltigen Augenlider zucken wie eine wilde See im Sturm der Nacht, während sein Körper friedlich schlummert.

Ich trete einen Schritt näher und der Holzboden knarrt so laut, dass er hochspringt. Für einen Moment weiß er nicht, wo er ist, und schaut mich mit weit aufgerissenen, stählernen Augen an, die mich nicht erkennen.

Mit gebrochener Stimme trage ich mein Anliegen vor. Großvater antwortet nicht und steht benommen auf. Mechanisch schlüpft er in seine blaue Arbeitshose aus Leinen, zieht seine ebenfalls blaue Arbeitsweste über den vom Krieg steifen linken Arm und setzt seine grüne Militärkappe auf. In seinem roten Volkswagen fahren wir in die Stadt, ohne ein Wort zu sagen.

An einem Morgen kommt mein Großvater nicht aus seiner Wohnung. Gegen acht ist er üblicherweise bereits unterwegs, aber sein Auto steht noch in der Halle. Mein Vater hat wohl schon gewusst, was ihn erwartet, sobald er sein Zimmer betritt, und ruft anschließend den Bestatter.

Es klingelt und ich frage ihn, was passiert ist. Ohne Regung in seinem Gesicht, sagt er, dass Großvater tot sei. Nach dem Bestatter wählt er die Nummer des Dorfdoktors. Während Vater das Organisatorische löst, ist endlich meine Chance gekommen, einen Toten zu sehen.

Wenn ich bei der Arbeit am Friedhof helfe, komme ich nicht mit toten Menschen in Berührung, obwohl ich ihnen kaum näher sein könnte. Ich schaue nur dabei zu, wie wir eine Truhe aus

Holz begraben. Mehr nicht. Immer muss ich mich wegdrehen, wenn Vater einen Sarg nochmals öffnet oder auf etwas Interessantes im Grab stößt, wo mehr als Knochen zu erkennen sind.

„Schau jetzt weg!“, höre ich ihn aus dem Loch sagen.

Ich weiß so viele Jahre nicht, was in den Truhen liegt, weiß nicht, wie so eine Leiche aussieht, weiß nur, dass ich sie nicht sehen darf, und so bergen die Särge Welten des Verbotenen für mich, die meine Fantasie in alle Richtungen treiben.

Mein Großvater ist gestorben. Ich müsste traurig sein, müsste ein Gefühl von Verlust spüren, aber nichts anderes kommt in mir hoch als die Neugier. Würde ich meinen Vater fragen, ob ich noch einmal zu Großvater gehen dürfte, dann würde er nein sagen, würde mich wie immer davor beschützen, vor dem Anblick bewahren wollen, so lange es möglich ist. Ich sage ihm nichts und nütze die erste Stunde der Alltagsirritation, um heimlich in die Wohnung von Großvater zu gehen.

Langsam drücke ich die Glastür nach innen und senke den Kopf. Seine Decke liegt am Boden. Ich wandere mit dem Blick nach oben. Angst schleicht sich ein. Traue mich nicht, ihn als Ganzes zu sehen, und konzentriere mich auf einzelne Punkte, Fragmente.

Seine Hände ragen steif in die Luft, und die Finger sind gebeugt, als hätten sie im letzten Moment nach etwas gegriffen. Großvaters Brust ist regungslos. Ich höre nichts anderes, als die Stille des Raumes. Sobald ich einen Schritt nach vor wage, knarrt der Boden.

Nichts! Keine Regung.

Die Augen meines Großvaters sind weit aufgerissen und starren an die Holzdecke – sie sind leer und jeglichen Ausdrucks beraubt. Seine Lider sind verschwunden. Seine Zähne liegen in einem Wasserglas neben dem Bett. Seine Lippen sind zurückgezogen und fallen in den Rachen hinein. Sein Gesicht ist zu einer bleichen Maske im letzten Aufschrei erstarrt.

Mein Vater schickt mich mit bestimmten Worten aus dem Zimmer, während er mit dem Doktor eintritt, der meinen Großvater für tot erklärt. Vor unserer Einfahrt warte ich auf die Ankunft des Leichenwagens. Als er einbiegt, laufen Tränen über mein Gesicht.

Gemeinsam mit meinem Vater trägt der Bestatter einen provisorischen Metallsarg in die Wohnung und nach wenigen Minuten kommen sie wieder heraus. Sie tun sich leicht. Großvater hat kein Gewicht.

Kurz vor Sonnenaufgang werde ich wach.

In der Nacht habe ich versucht, mich möglichst wenig zu bewegen, damit ich nicht den Staub und den Dreck aufwühle, aber es ist mir nicht gelungen. Ich öffne die Fenster, um die Feuchtigkeit und den Gestank von Schimmel zumindest für einen Moment aus dem Haus zu vertreiben. Durch dieses losgebrochene Bildermeer in mir fühle ich mich unausgeschlafen und aufgekratzt. Seit Monaten habe ich keine Träume mehr gehabt. Bin jedes Mal nach dem Erwachen leer gewesen und habe mich an nichts erinnern können, aber heute sind diese Eindrücke der Nacht noch immer in meine Augen geschrieben.

Mit einem Bunsenbrenner, den ich in der Küche finde, mache ich mir einen bitteren Kaffee und setze mich vor die Eingangstür. Die Sonne geht über unserem alten Apfelbaum auf. Während mich die ersten Strahlen treffen und an der Nase kitzeln, döse ich dahin. Ich versuche, mich an meinen Großvater zu erinnern, einige Szenen in mir wachzurufen, um dieses letzte Bild von ihm zu überschreiben, aber da ist nichts, als seine steifen Hände und seine ausdruckslosen Augen.

Barfuß spaziere ich durch den Garten. Tau liegt auf dem Gras, der sich an meinen Füßen abreibt. Mit jedem Schritt durchschneide ich den weißen Schleier, der sich über die Wiese gelegt hat. Ich gehe langsam zur morschen Hundehütte, vorbei am kleinen Gartenhäuschen und pflücke einen frühreifen Apfel vom Baum. Er wird bitter, ungenießbar sein, wie ich weiß, aber ich wage es trotzdem:

Da liege ich im Kinderwagen und sehe in ein Gesicht im Gegenlicht. Eine grüne Kappe erkenne ich, blaue Leinen, und eine Hand reicht mir ein Apfelstück. Ich beiße hinein und blicke hoch zu diesen stählernen Augen, die mich zum Lachen bringen und mir ein Gefühl von Wärme schenken.

Alles, was ich besitze, ist meine Reisetasche voller Bücher und Notwendigkeiten. Nichts, was für die Arbeit am Friedhof geeignet wäre, also gehe ich hinüber zur Werkstatt. In einem Schrank liegen eine schmutzige Hose, ein weißes Hemd, eine blaue Weste und die Arbeitsschuhe meines Vaters. Wir haben dieselbe Größe, selbst seine verwaschene Altherrenkappe sitzt genau.

Auf dem Weg zum Friedhof sehe ich, wie das Dorf langsam erwacht. Rollläden werden hochgezogen. Licht geht in einzelnen Fenstern an: Menschen, die vor Tischen Platz nehmen, ihre Radios aufdrehen und sich in alle Richtungen strecken.

Die Straßenlaternen erlöschen. Der Tag beginnt.

Das Tor zum Friedhof ist offen. Eine alte Dame, die mir bekannt vorkommt, gießt das Grab ihrer Tochter, wie ich aus den Jahreszahlen schließe. Ich grüße sie und stecke den verrosteten Schlüssel in die alte Holztür der Totengräberkammer. Erst nach längerem Drücken und Heben lässt sie sich öffnen. Es braucht eine spezielle Technik, die ich früher einmal in Perfektion beherrscht habe.

Ich ziehe die Erdkiste heraus und beginne sie neben unserem Familiengrab aufzubauen. Die eingespielten Rituale mit meinem Vater nützen mir jetzt nichts mehr. Jedes Stück muss ich alleine tragen und einen eigenen Weg finden, aber es gelingt mir kaum, die schweren Metallteile auch nur anzuheben. Was mir damals so spielerisch erschienen ist, wird zur größten Qual. Ich kämpfe mit jedem Handgriff. Verzweifle, als nichts so funktioniert, wie ich es gewohnt bin.

Mein Vater hat es die ganzen Jahre, in denen ich schon fort bin, alleine geschafft.

Warum gelingt es mir nicht?

Nicht nur einmal möchte ich alles hinschmeißen und setze mich erschöpft auf unsere Grabeinfassung.

Meinem Vater fehlt noch ein Stich, um unsere übliche Tiefe zu erreichen. Die Kiste ist vorne bereits angefüllt. Wenn er eine Schaufel voll Erde hinaufwirft, dann fliegt sie wieder zurück ins Grab. Ich versuche Platz zu schaffen, aber bei jeder meiner Bewegungen rollt etwas herab und auf den Kopf meines Vaters. Er schreit, aber hört nicht auf zu graben.

Aus dieser Höhe, der Nähe zur Kiste, kann ich den Spaten, mit dem ich versuche, die Erde zurückzuschaufeln, nur ganz unten packen und habe dadurch keine Kraft. Ich bin zu zögerlich, unentschlossen und schaffe es einfach nicht, dass alles oben bleibt. Was immer ich auch tue, ist falsch.

Ich verzweifle.

Meinen Körper drücke ich gegen die Vorderseite, mache ihn möglichst breit, um ihn als Wand zu benützen, aber es hilft nichts. Die staubtrockene Erde rinnt an mir vorbei und wieder zurück ins Loch.

Ich schwitze vor Angst und atme schwer. In dem Moment wirft mein Vater einen faustgroßen Stein aus dem Grab. Erst, als er sich zu bewegen beginnt, sehe ich ihn. Ich weiß, was passieren wird, aber kann nicht darauf reagieren, ohne dabei den Spaten fallen zu lassen. Meine Hände sind wie gefesselt. Die Zeit steht für einen Moment still. Ich kann nur dabei zusehen, wie der Stein über die Kante der Kiste rollt.

Ein dumpfes Geräusch.

Ein Aufschrei.

Ich blicke ins Loch und sehe zu den lichten Haarstellen meines Vaters, wo langsam Blut aus seiner Kopfhaut hervortritt.

Geschriene Worte:

„Zu was bist du überhaupt zu gebrauchen? Du ...“

Die verbale Erregungsabfolge meines Vaters kenne ich nur allzu gut, aber ich weine trotzdem.

Ich kann nicht wie sonst stoisch stehen bleiben und es über mich ergehen lassen. Durch die verzweifelten Versuche, die Erde auf der Kiste zu halten, bin ich geschwächt und ertrage es keine Sekunde länger an diesem Ort.

Ich laufe aus dem Friedhof und lasse meinen Vater alleine im Grab zurück. Immer heftiger weine ich, kann einfach nicht aufhören, als wäre ein Damm in mir gebrochen. Und plötzlich kommt ein anderes Gefühl in mir hoch, etwas, was ich vorher noch nicht empfunden habe. Da ist Wut, eine so große Wut, die auf einmal freibricht, die sich irgendwo in meinem Innersten verborgen hat und die jetzt einen Ausgang findet.

Ich beschließe wegzulaufen. Will nie wieder kommen. Nie wieder den Friedhof betreten. Ich hasse ihn. Ich hasse all das, aber kann meine Gefühle nicht fassen, während ich abseits des Friedhofs auf einer Parkbank sitze und nicht aufhöre zu weinen.

Wohin soll ich gehen, wenn ich nur das hier kenne?

Im Wagen meines Vaters warte ich, bis er fertig ist. Wir reden zwei Tage kein Wort miteinander. Danach ist alles wieder so, wie es immer gewesen ist.

Mein Herz rast.

Als die Erdkiste endlich steht, hole ich das Werkzeug aus der Totengräberkammer. Zunächst reiße ich die verwelkten Blumen aus und beginne anschließend zu graben. Es sticht sich leicht. Obwohl die Erde feucht ist, bleibt sie nicht an der Schaufel hängen.

Der Schweiß rinnt bereits nach wenigen Wiederholungen über mein Gesicht. Der Puls schlägt immer höher. Ich kann kaum noch Atem schöpfen, aber grabe und grabe weiter.

Eine Schaufel. Noch eine Schaufel. Ich gewinne einfach keine Tiefe!

Es muss einen anderen Weg geben, habe ich als Kind stets gedacht. Dieses Schaufel-für-Schaufel-Stich-für-Stich-System kann nicht alles sein. Während mein Vater gräbt und sich bis zur völligen Erschöpfung mit der lehmigen Erde abplagt, versuche ich, unsere Arbeit zu revolutionieren. Ich denke in die verschiedensten Richtungen. Ein Laser vielleicht, wie ich ihn aus meinen Bilderbüchern kenne. Ich besorge mir einen Laser von irgendwo und brenne das Loch heraus. Aber was passiert mit der Erde? Verdampft sie einfach? Und womit schütte ich das Loch wieder zu? Ich mag den Ansatz des Gedankens, aber die Ausführung – na ja. Vielleicht ein Gestell aus Eisen, das den Umriss des Grabes hat, man in die Erde sticht und wieder herauszieht? Ähnlich dem System von der Weihnachtsbäckerei der Großmutter. Ich denke, ich könnte ein Grab genauso ausstechen, wie die Oma die Krapferl. Aber auch dieser

Gedanke verliert sich in die praktische Unmöglichkeit. Ein Bagger wäre die einfachste Lösung, aber dafür ist unser Friedhof zu chaotisch angelegt und zu wenig Platz zwischen den Gräbern vorhanden.

„Als hätten sie jeden dort begraben, wo er umgefallen ist", wie mein Vater ständig sagt und anschließend in einen seiner endlosen Fluchmonologe ausbricht, wenn er mit dem Ellbogen – meist genau beim *narrischen Bein* – gegen die viel zu kurze Grabeinfassung oder eine überstehende Grundfestung stößt und dabei über die Hirnlosigkeit der früheren Friedhofsarbeiter schimpft sowie die Erdkonsistenz mehrmals als sogenannten *Hurendreck* bezeichnet.

Ich grabe und grabe. Es scheint aussichtslos, bis ich unmerklich die Phase überwinde, jeden Stich zu zählen, und mich nur noch auf die Bewegung einlasse. Jeder Schmerz, jede Überanstrengung wird zum Teil eines Ablaufes – vom Hinabstechen bis zum Wurf der Erde, die an der Wand der Kiste aufschlägt.

Buff.

Ich sehe es nicht mehr von außen, wie bisher in der Figur meines Vaters, sondern stehe selbst im Grab. Es ist ein ganz anderer Blick. Eine völlig andere Wahrnehmung: Meine Hände am Holzstiel. Mein linker Fuß, der das pfeilartige Eisenblatt der Schaufel hinabdrückt. Und mit einer zügigen

Bewegung, in der ich leicht in die Knie gehe und meinen Rücken wie einen Bogen spanne, werfe ich die Erde auf die Kiste.

Buff.

Und wieder von vorne.

Buff.

Als würde die Zeit mit einem Mal langsamer laufen.

Buff.

Keine Gedanken mehr, sondern nur dieser Tunnel, der wie Scheuklappen alles andere von mir abschottet.

Buff.

Ich schmecke das Salz auf meinen Lippen und besiege die Müdigkeit in meinen Muskeln mit dem Akkord der Arbeit.

Buff.

Grabe mich in einen Zustand der Trance.

Buff.

Erreiche den Moment, in dem das Graben zum ganzen Kosmos meines Seins wird und nichts anderes zu existieren scheint.

Buff.

Bei jedem Nachlassen der Spannung, in dem Moment, an dem sich die Erde von der Schaufel trennt, entsteht dieses seltsame Gefühl von Glück.

Buff.

Ich gelange an meine körperliche Grenze und überschreite sie. Grabe weiter und weiter.

Buff.

Erst, als ich hinabsteche und ein dumpfes Geräusch höre, das mich zurück in diese Realität befördert, höre ich zu graben auf.

Der Sarg!

Ich fahre mit der Schaufel am Deckel entlang und lege das Holzkreuz frei. So viele Jahre sind vergangen, aber die Truhe scheint noch völlig intakt zu sein. Ich sehe die Blumenverzierungen von damals und das Bild des letzten Abendmahls an der Seite, das jetzt von einer grünen Substanz überzogen ist.

Fast zwanzig Jahre sind seit dem Tod meines Großvaters vergangen. In der Regel dürfte nichts mehr von seiner Leiche übrig sein, aber in diesem Friedhof schreibt die Erde ihre eigenen Gesetze. Je feuchter und lehmiger der Boden, desto höher die Verwesungsjahre. Ich habe es oft genug gesehen und weiß: würde ich die Bretter jetzt wegreißen, dann läge vor mir diese undefinierbare Substanz, die sich mit der schwarzen Erde vermischt hat und keine Unterschiede mehr zulässt.

Ich gehe in die Knie, um einen Stein aus der Kopfseite zu ziehen, und vernehme einen süßlichen Geruch. Der Hohlraum des Sarges ist eingebrochen. Die Reste meines Großvaters liegen eingequetscht und versiegelt wie ein laminierter Leichnam im feuchten Grab. Nein, in diesem lehmigen Boden ist keine Auferstehung möglich.

Nichts verwest hier.

Ich überlege kurz, ob ich mit dem Krampen ein paar Löcher in den Deckel schlagen soll, um das Vakuum zu lösen, das meinen Großvater in dieser hinausgezögerten Endlichkeit hält, aber lasse es sein.

Mit dem Spaten steche ich die Seitenwände gerade und kontrolliere die Länge mit der Messlatte, damit es beim Hinablassen keine Probleme gibt. Die restliche Erde trete ich am Sarg meines Großvaters fest, um ihn vor den Blicken der Anderen zu verbergen.

Sein Grab haben wir nicht selbst ausgehoben. Zwar haben wir die Kiste aufgestellt und sind daneben gestanden, aber das Loch hat der Totengräber aus dem Nachbardorf geschaufelt. Den Anblick, jemand anderen graben zu sehen, hat Vater kaum ausgehalten. Ich habe ihn nie gefragt, warum er es nicht selbst tun wollte.

Ich klettere aus dem Grab und befestige die vorderen Wände an der Erdkiste. Zwei Holzstaffeln und zwei Pfosten lege ich auf die Einfassung der Ruhestätte und bereite die Seile vor, mit denen der Sarg hinabgelassen wird. Ein letztes Mal blicke ich ins Loch und kontrolliere, ob die Erdwände fest genug sind oder ob ich sie abspreizen muss, damit sie nicht nachgeben. Mit dem Spaten schlage ich dagegen. Alles scheint zu halten.

Ich bin nicht bis zu unserer üblichen Tiefe gekommen, aber für meinen Vater reicht es noch. Er ist der Letzte unserer Familie, der hier begraben wird.

Mit Wasser aus einer Gießkanne wasche ich mir den Schweiß vom Gesicht.

Eine alte Frau, die mich graben gesehen hat, tritt auf mich zu und fragt, wie lange es wohl dauert, bis der Sarg einbricht.

Was sage ich ihr?

Sage ich die Wahrheit, wenn jemand fragt, was ich gesehen habe?

Während ich die Totengräberkammer verschließen möchte, entdecke ich am Fensterbrett eine halbvolle Kiste Cola-Glasflaschen. Ich ziehe eine heraus, wische den Asbest vom Verschluss, bevor ich ihn an eine Kante halte und mit einem Schlag öffne. Es schäumt über, rinnt mir über die Finger und ich sehe das letzte bisschen Kohlensäure von der schwarzen Flüssigkeit hochsteigen.

Jedes Mal, wenn wir ein Grab ausheben, hole ich für meinen Vater und mich eine Flasche. Es ist die Belohnung für unsere Arbeit. Immer hat er mir den ersten und den letzten Schluck überlassen. Gemeinsam starren wir ins Loch und nicken uns stillschweigend zu. Wir sind Verbündete eines Kampfes, den niemand sonst kennt, und niemand weiß, dass er überhaupt stattgefunden hat.

Ich nehme die Glasflasche in die Hand und kenne das Gefühl an meinen Fingern: die Kühle des Glases, die Erhebungen und Prägungen. Die Form hat sich seit meiner Kindheit nicht verändert. Ich setze mit den Lippen am gerundeten Rand an, während mein Blick über die Gräber schweift und mir die Flüssigkeit über die Zunge in den Hals rinnt. Den süßlichen Geschmack sauge ich mit allen meinen Sinnen auf und bin zurück, zurück bei den Gräbern und Kämpfen meiner Kindheit, als könne ich mich an jede Einzelheit erinnern.

Alleine starre ich ins Grab meines Vaters, während die Kirchenglocken Mittagsläuten.

Der Bestatter steht mit seinem Transporter vor der Aufbahrungshalle und bereitet das Begräbnis vor. Er zieht den Sarg aus der Kühlung, hebt ihn mit seinem Mitarbeiter auf den Bahrwagen und positioniert die Weihwasserschüssel. Es gibt kein Bild, keine Blumen, nichts, nicht einmal eine Parte, sondern nur ein weißes Blatt mit dem Namen sowie Geburts- und Sterbejahr meines Vaters darauf.

Ich rechne die Zahlen gegeneinander, wie es als Kind mein liebstes Spiel gewesen ist. Sollte ich so alt werden wie Vater, dann habe ich mein halbes Leben bereits hinter mir.

Ehe mich der Bestatter sieht, gehe ich schnell weiter. Wenige Stunden noch, bevor ich zurück zur Halle muss, die Menschen kommen, um ihr Beileid auszudrücken, und anschließend die Feierlichkeiten beginnen.

Aus dem Brunnen im Garten schöpfe ich einen Kübel Wasser und wasche mich so gut wie möglich. Wenn ich noch länger bleiben sollte, muss ich die Verbindungen zum Haus wieder aktivieren. Um es gleich zu machen, fehlt mir die Kraft, und ich lege mich noch etwas hin.

Ich schließe die Augen und versuche ruhig zu atmen, eine gewisse Klarheit zu finden. Alles passiert Schlag auf Schlag. Es bleibt mir keine Zeit, meine Gedanken ins Reine zu bringen, jede Einzelheit zig Mal durchzudenken, wie ich es sonst mache. Mein Leben in den letzten Jahren ist nichts anderes als die Abfolge ein und desselben Tages, aber hier? Ich handle einfach und weiß nicht, ob es richtig ist.

Wann habe ich je solch eine Müdigkeit gespürt wie in diesem Moment?

Völlig erschöpft liege ich im Bett. Durch die Anstrengung, die mich bis an meine Grenzen und darüber hinaus geführt hat, ziehen und brennen meine Muskeln. Spüre Stellen an mir, von denen ich gar nicht gewusst habe, dass sie existieren. Mein Rücken schmerzt. Der Körper kämpft mit den Nachwirkungen dieser ungewohnten Bewegungen. Meine Augen werden so unendlich schwer und der Geist will sich im Traum verlieren. Bevor ich einzuschlafen drohe, springe ich hoch.

Einmal in diesen tiefen Schlaf verfallen, würde ich nicht mehr erwachen.

Schwarze Hose, weißes Hemd mit Krawatte und ein schwarzes Jackett. Vaters Dienstgewand hängt gebügelt neben seinen Arbeitssachen.

Ich ziehe mich um.

Während der Kaffee zu kochen beginnt, pflücke ich einige Blumen aus dem Garten und binde sie zu einem kleinen Strauß. Wilde Erdbeeren wachsen die Wiese entlang. Ich esse ein paar und stecke den Rest in meine Hosentasche. Es ist ein schöner Tag heute. Fast sommerlich fühlt er sich an – ohne die Schwere der Luft und das Stechende der Sonne.

Ich trinke den letzten Schluck vom Kaffee und mache mich auf den Weg zum Friedhof. Beim Dorfwirtshaus erinnert mich der Geruch daran, dass ich den ganzen Tag nichts gegessen habe. Ein unglaublicher Hunger überkommt mich, dem ich nicht mehr nachgeben kann.

Niemand befindet sich in der Aufbahrungshalle. Das Weihwasser steht vor dem Sarg meines Vaters. Es ist eine schnörkellose Truhe, ohne Verzierungen und Kreuz. Das Modell ist neu für mich und ich kenne es in dieser Form nicht. Das Holz scheint naturbelassen, unlackiert, und die Lebensringe sind deutlich zu sehen.

Ich starre auf dieses seltsame Muster von Kreisen, während ich langsam nähertrete. Mein kleiner Finger berührt den Deckel, auf den sich durch die Wärme des Saales eine hauchzarte Wasserschicht gelegt hat, und ich schrecke zurück.

Jetzt ist meine letzte Chance, meinen Vater zu sehen. Ich weiß es, aber mache nichts. Jahre sind vergangen, seit wir uns das letzte Mal gesehen haben. *Ich möchte ihn so in Erinnerung behalten, wie ich ihn gekannt habe*, würde ich sagen, wenn jemand fragt. Die Wahrheit ist eine andere. Sein Anblick wäre für mich nicht zu ertragen. Der Sarg schützt mich davor. Dieser Blick auf die Truhe vor mir, der mir so vertraut geworden ist, ohne eine Reaktion auszulösen. Hunderte Särge in meinem Kopf, die mir nichts bedeuten und nur noch eine leere Geste sind. Ich mache meinen Vater zu einer von ihnen.

Die Neugier, die ich als Kind empfunden habe, ist verflogen.

Auf dem ersten Stuhl, der mit schwarzem Kunstleder überzogen ist, nehme ich Platz und warte. Stoisch blicke ich zur Truhe, auf der das Weihwasser abperlt und langsam zu Boden tropft. Es bildet sich eine Lache, die mit jedem Gast größer wird. Ohne hochzusehen, höre ich die kaum verständliche Floskel: „Mein Beileid“ in allen Sprachschattierungen und schüttle Hände, die mir entgegengestreckt werden. Es sind nicht viele. Außer am Friedhof hat mein Vater in seinen letzten Jahren kaum wo seine Zeit verbracht. Hätte er dem Bestatter nicht bei seinen Abholungen geholfen und bei anderen Beerdigungen als Sargträger gedient, dann wäre er nie aus dem Dorf herausgekommen. Am Ende musste man ihn selbst dazu überreden.

Die Kirchenglocken beginnen zu schlagen. Der Bestatter tritt vor die Truhe und verbeugt sich:

„In aller Stille wollen wir dem Verstorbenen gedenken und ihn, nach einer Minute des Schweigens, zu seinem Grab geleiten.“

Stille. Das einfallende Licht durch die Fenster der Aufbahrungshalle erleuchtet jedes Staubkorn in der Luft.

Die vier Sargträger gehen im Gleichschritt in den Saal und stellen sich neben den Bahrwagen. Sie machen eine leichte Verbeugung und beginnen ihn zum Friedhof hochzuschieben. Die zwei Träger vorne ziehen mit ihrer ganzen Kraft und die Hinteren drücken. Sie plagen sich und keuchen laut. Bereits nach wenigen Metern, den steilen Weg entlang, ist ihnen die Anstrengung deutlich im Gesicht abzulesen.

Die Träger rollen meinen Vater den Berg hinauf und lassen ihn ins Grab hinab.

Für einen Augenblick stockt mein Atem.

Der Bestatter sieht zu mir und gibt mir ein Zeichen, dass ich jetzt etwas sagen könnte. So oft bin ich den Ablauf des Begräbnisses im Kopf durchgegangen. Jeden einzelnen Schritt habe ich immer und immer wieder vor meinem inneren Auge abspielen lassen, bis zu diesem Moment.

Alles um mich ist still.

Ich setze zu sprechen an, aber es dringen keine Worte aus meinem Mund.

Nichts.

Als hätte ich meine Stimme verloren.

Schweigen.

Die Sargträger steigen vom Grab. Ich trete näher und werfe meinem Vater die Wiesenblumen nach und eine Erdbeere, die ich noch in meiner Hosentasche finde. Der Bestatter stellt für die Trauergäste einen Kübel mit einer kleinen Schaufel auf den Pfosten.

Vom Nachbargrab aus starre ich zu den Menschen, die ich nicht kenne, und konzentriere meinen Blick auf ihre Hände. Einer nach dem anderen lässt etwas Erde auf die Truhe fallen. Manche werfen meinem Vater ein Geldstück nach. Er ist dreißig Jahre Totengräber gewesen und viele von ihnen kennen ihn nur in dieser Funktion.

Sobald der letzte Trauergast gegangen ist, gehe ich zur Totengräberkammer und schlüpfe in mein Arbeitsgewand. Die Pfosten und Holzstaffeln über dem Grab lege ich zurück in die Kammer, fixiere den Hydraulikstempel an der Kiste und beginne sie mit einer Handölpumpe anzuheben. Ich pumpe immer wieder auf und ab, bis einzelne Brocken sich lösen und ins Loch rollen. Dumpfe Schläge auf den Sarg, die mich hochschrecken lassen, aber ich stoppe nicht.

Mit einem Ruck rutscht alles von der Kiste.

Ich habe zu wenig Erde weggeführt und es bleibt ein großer Haufen auf dem Grab zurück. Es wird nicht lange dauern und der Hohlraum der Truhe wird brechen und der Untergrund etwas nachgeben. Vielleicht ist es – wie so oft – schon im ersten Ruck geschehen. Mein Vater hat seinen Sarg nicht ausgefüllt.

Ich senke die Kiste ab und lege Teil um Teil auf den Anhänger, den ich zurück in die Totengräberkammer schiebe. Mit einem Besen putze ich die umliegenden Gräber ab und sorge dafür, dass die Ordnung wiederhergestellt ist.

Am Eingang des Friedhofs blicke ich noch einmal zurück und sehe die schwarze Bauernerde auf dem Grab meines Vaters.

Ich gehe hinunter zum Wirtshaus. Der Bestatter und seine Gehilfen sind gerade mit dem Essen fertig. Ich bestelle mir nichts. Mir ist der Hunger vergangen, und als die nächste Runde Bier kommt, stellen sie mir eines hin.

„Dein Vater hat darauf bestanden, dass wir ordentlich essen und trinken", verkündet der Bestatter feierlich.

„Ich weiß", sage ich nur und wir stoßen an.

Das Bier ist kalt und wirkt sofort. Die Anspannung verlässt meinen Körper und nichts als Leere bleibt, die das Bier jetzt füllt. Ein Schluck, zwei, ich trinke schnell und stelle das Glas kaum ab. Dumpf höre ich die Worte des Bestatters, der mir und seinen Mitarbeitern einige Geschichten von meinem Vater erzählt. Anekdoten von Abholungen, seltsame Erlebnisse bei Begräbnissen, die sich zu einem schwammigen Bild einer beschriebenen Persönlichkeit formen, die alle sein könnten und niemand ist. Ich nicke und lache.

Viele von den Geschichten kenne ich, andere gleichen sich mit meinen eigenen Erlebnissen und Erzählungen von Menschen, die sich der Todesarbeit verschrieben haben. Ab einem gewissen Zeitpunkt hat man am Friedhof alles gesehen und der Witz besteht nur noch in der kunstvollen Beschreibung der Wiederholung.

Gern würde ich etwas sagen, eine Erinnerung teilen, um meine Anteilnahme zu zeigen, zumindest irgendetwas zum Gespräch beizutragen, aber mein Mund ist schwer, als wäre jedes Wort ein

Bleigewicht auf der Zunge. Versuche ich etwas auszusprechen, dann zieht sich das Wort wie Teer aus meinem Rachen, und schon nach einem halben Satz weiß ich nicht mehr, was ich eigentlich erzählen wollte.

„Wenn du mich einmal begräbst, dann nicht an einem Montag – sonst fängt die Woche schon schlecht an“, wiederholt der Bestatter den einen Witz, den Vater ihm ständig erzählt hat, wenn sie beide in einer Gruppe gestanden sind.

Alle lachen.

Ich bestelle noch ein Bier, während die anderen bei der Hälfte des ihren sind. Es schmeckt, gibt meiner Müdigkeit Ausdruck und versetzt mich in diese wohlwollende Melancholie, in der die Welt ihre Übertöne verliert und wie ein kaum hörbarer Bach dahinplätschert.

Der Bestatter und die Sargträger trinken aus und verabschieden sich. Ich halte den Bestatter einen Moment zurück und frage ihn, wann ich meine Schulden begleichen kann.

Er schüttelt den Kopf.

„Es ist alles erledigt. Mach dir keine Sorgen!“

Eine seltsame Betroffenheit überkommt mich. Ein Gefühl von Güte in seiner Stimme, die mich unerwartet trifft. Er muss meinen Vater gemocht, vielleicht wie einen Freund geliebt haben, um, gegen seine sonstigen Rituale, ein solches Begräbnis zu veranstalten.

„Wie hat dir der Sarg gefallen?“, fragt der Bestatter rhetorisch. „Nach einem Sturm habe ich ihn aus einer entwurzelten Eiche vom Friedhof gezimmert.“

Ich möchte etwas zu ihm sagen, aber bringe kein Wort über meine Lippen.

Mit leerem Blick starre ich in die Gaststube. Nach und nach füllt sie sich mit Menschen, die sich auf das Wochenende freuen. Meine Gedanken wechseln von einem Ort zum anderen. Gesichter, die Erinnerungen wecken. Gerüche, die mich unmittelbar in Erlebtes tauchen.

Ein älterer Mann setzt sich an meinen Tisch. Ich weiß, dass ich ihn von früher kenne, von irgendwo aus meiner Vergangenheit, aber kann keine Verbindung herstellen. Er spricht mit mir in einem vertrauten Ton und erzählt, dass der größte Bauer im Dorf die Landwirtschaft von meinem Vater gekauft hat, unseren Hof abreißen und darauf einen Schweinestall bauen wird.

Ich lache laut auf und weiß nicht, warum.

Der Mann redet weiter. Ich tue so, als ob es mich interessieren würde, aber höre eigentlich nicht mehr hin. An seinem Tonfall und seiner Wortwahl merke ich schnell, dass er sich für unsere Grundstücke interessiert hat. Er erzählt mir einige intime Details vom Schweinebauern, die wohl seinen Charakter in Frage stellen sollen, wie ich denke.

Neid und Missgunst – es hat sich nichts geändert.

Der Raum füllt sich mit dem Lärm der Menschen und einem Rauch, der mich nicht mehr atmen lässt. Bevor ich kaum noch Luft bekomme, entschuldige ich mich, stehe auf und gehe an die Bar, um zu bezahlen. Die Kellnerin macht eine abwehrende Geste:

„Das passt schon."

Auch das ist erledigt. Verlegen lache ich und lasse ein Trinkgeld für sie zurück.

Ich taumle zurück ins Haus. Die frische Luft verleiht mir ein Gefühl von Euphorie. Irgendwo in der Küche finde ich einen Schnaps – ein gebrannter Fusel aus der Ortschaft. Ich nehme die Flasche und setze mich unter den Apfelbaum im Garten. Es ist ein lauer Abend.

Der erste Schluck brennt wie Feuer meine Kehle hinunter, aber ich bilde mir ein, doch irgendwo den Geschmack von Marille zu identifizieren. Aus der sanften Melancholie wird eine unerbittliche Aufgeregtheit. Der zweite Schluck schmeckt nach nichts mehr.

Die letzten Tage stürzen über mich herein. Panische Angst vor dem Morgen, an dem mich nichts erwarten wird. Niemand! Niemand, wie leicht ist dieses Wort gesagt, gedacht, aber was bedeutet es, wenn es zur Realität geworden ist?

Niemand. Niemand. Niemand.

Ich wiederhole das Wort so lange, bis es mir nichts mehr sagt und ich die Angst davor verliere.

Ich bin alleine. Ist es nicht das, was ich immer wollte, wonach ich mich ständig gesehnt habe?

Alleine!

Ich trinke weiter. Irgendwann müssen die Gedanken andere werden.

Irgendwo der Silberstreif am *bla bla bla*.

Alle Wege stehen *bla bla bla*.

Neuanfang *bla bla bla*.

Freiheit *bla bla bla*.

Bla bla bla *bla bla bla*.

Die Müdigkeit und Trägheit werden so groß, bis sich nur noch einzelne Worte in mir regen.

Gedankenschauer ohne Zusammenhang.

Ich kann meine Augen kaum noch offen halten und verliere mich in wilde Sinnesstürme, die jäh unterbrochen werden durch das Brennen in meiner Kehle.

Schlafe, träume ich vielleicht?

Klare Bilder plötzlich, die näher an meiner Realität sind, als jede Wirklichkeit es sein könnte. Mit aller Willenskraft, die ich aufbringen kann, halte ich sie fest und starre in das milde Licht der Straßenlaterne.

Eine Gestalt tritt auf mich zu. Ein sanfter Schleier umhüllt mich in eine Wärme, die ich so lange nicht mehr gespürt habe. Meine Illusionsfähigkeit kenne ich nur allzu gut und lache über mich selbst, als ich die weichen Lippen auf meiner Haut spüre und mich ein zarter Duft in Ekstase versetzt. Ich lasse diesen schönen Trug einfach geschehen, kämpfe nicht mehr dagegen an und gleite langsam mit meiner rechten Hand zu dem Gesicht hoch, das im Schatten liegt.

„Lass dich fallen", flüstert mir eine Stimme ins Ohr.

Ich falle.

Das Glänzen des anbrechenden Tages weckt mich allmählich. Die milchig trüben Fenster sind weit aufgerissen.

Meine Augen brennen und lassen sich kaum öffnen, schon gar nicht offen halten. Ich liege zwischen weißen Leinen im oberen Zimmer. Wie bin ich hierher gekommen? Der modrige Geruch scheint verflogen und der Staub ist weg. Was habe ich gestern getan? So oft habe ich bereits getrunken, mich in die Bewusstlosigkeit gesoffen, aber dabei nie einen Putzfimmel entwickelt. Es ergibt keinen Sinn und ich fühle nur, dass mich noch immer dieser sanfte Schleier umhüllt.

Träume ich noch?

Ich strecke meine rechte Hand aus und berühre etwas mit dem kleinen Finger.

Es kann nicht sein!

Ich taste mich weiter und drehe mich zur Seite. Da liegt sie. Diese fremde Figur ohne Körper, die jetzt Gestalt angenommen hat. Sie liegt auf dem Bauch. Ihr Gesicht ist zum Fenster gewandt und ihre langen, hellbraunen Haare schlagen sich über die Leinen. Leise höre ich ihren rhythmischen Atem und sehe dem leichten Auf und Ab ihres Körpers zu. Ich streiche mit den Fingerspitzen meiner linken Hand über ihren Rücken, hoch zu ihren Schultern und lege ihren Nacken frei. Ihre Haut ist weich und duftend.

Ist es noch ein Traum, dann wäre es ein Trug, aus dem ich nicht erwachen möchte. Sie bewegt sich und ich höre einen zarten Ton aus ihrem Mund dringen. Mit einer kleinen Drehung lehnt sie ihren Rücken an meine Brust. Ich halte sie, halte ihren warmen Körper so fest ich nur kann und atme ein.

Lavendel.

Ich küsse ihren Hals und sie küsst meine Hand, die sie umfasst. Von der Seite sehe ich ihre Lippen und den Ansatz ihrer bernsteinfarbenen Augen. Sie legt ihren Kopf an meinen Arm und schläft wieder ein.

Mein Herz rast vom Restrausch und der Unmöglichkeit dieses Jetzt. Nein, es ist kein Traum.

Ich weiß es. Kenne den Unterschied zu gut. Oder habe ich die Grenze bereits überschritten? Habe ich jede Grenze verloren – jetzt, wo niemand mehr da ist und kein Band zum Leben mehr herrscht? Wieder bricht die Realität über mich herein und ich kann nichts dagegen machen. Dieses Gefühl der Leere, der Verlorenheit – was ist es?

Die letzten Tage spielen sich im Schnelldurchlauf in meinem Kopf ab. Ich pralle gegen die Bilder, als würde ich, ohne zu stoppen, gegen eine Wand laufen. Die Dumpfheit, Melancholie und das mechanische Handeln haben mich völlig beschlagnahmt.

Bevor ich mich wieder in meine Gedanken verrenne, wendet sie sich mir langsam zu. Ihr Körper schmiegt sich an meinen, als ob es keine Grenze mehr zwischen uns gäbe. Ihr Gesicht ist mir so nah, dass ich nichts erkenne. Nur ein verschwommenes Bild sehe ich. Krampfhaft versuche ich mir jedes Detail einzuprägen, wenn ich das Ganze schon nicht sehen kann, und jeden Augenblick auszukosten, bis ich irgendwann in ihrer Geborgenheit einschlafe, die mich wie ein längst vergessenes Gefühl ganz und gar umhüllt.

Panisch reiße ich die Augen auf.

Mein Kopf glüht. Noch immer fühle ich ihre Nähe und nehme diesen völlig anderen Charakter des Zimmers wahr. Lange beobachte ich die Schattenspiele an der Wand und zähle die Schläge der Kirchenglocken.

Ich verlasse das Bett.

Nichts hat sich geändert und doch scheint alles anders. Mache Kaffee in der staubigen Küche und sitze im Garten, leer und ohne Ziel für den Tag, die Woche, wenn ich pathetisch sein möchte, mein Leben.

Wie lange es wohl dauert, bis die Welt wieder über mir zusammenfällt, dieses zarte Gefühl der Geborgenheit in ihren Armen mit meiner Realität wechselt, und ich mich in sinnlosen Klagestürmen gegen mich selbst befinde?

Durch den Bestatter, der das Gartentor öffnet und eintritt, werde ich in meinen täglichen Selbstbezichtigungen nach dem Erwachen unterbrochen. Ich bin überrascht, aber begrüße ihn herzlich und mit großer Freude, ein bekanntes Gesicht zu sehen.

Er muss in der Nähe eine Abholung machen und fragt mich, ob ich ihn begleite.

„Dein Vater wäre sonst immer, aber … und wenn Du gerade nichts vorhast? Vielleicht …?“, sagt der Bestatter etwas unsicher, noch nicht wissend, wie und mit welcher Offenheit er mir begegnen kann.

Nein, nichts habe ich vor. Nirgends muss ich hin, nirgends zurück. Die letzten Monate, Jahre schon, bin ich nur auf der Flucht gewesen – vor allem –, vor allem vor mir selbst, bis diese letzten Bande, die mir noch geblieben sind, mich wieder zurück in meine Heimat gezogen haben.

Ich bin geradezu erleichtert über das unerwartete Erscheinen des Bestatters und seine Anfrage, die mich zumindest für einige Stunden aus meiner vernichtenden Gedankenwelt reißen wird.

Während ich mich umziehe, sagt er, dass es noch einige Tage dauern würde, bis die bürokratischen Details zum Tod meines Vaters erledigt seien. Vielleicht könne ich ihm so lange aushelfen. Es sei alles sehr überraschend passiert, auch für ihn, und so schnell ließe sich keine Nachfolge finden.

„Niemand reißt sich um das Todesgeschäft. Sie zerreißen sich nur das Maul darüber", sagt der Bestatter lakonisch und ich lache seit langer Zeit wieder aus tiefstem Herzen über diese saloppe Aussage, deren Wahrheitsgehalt ich nur bestätigen kann.

„Dein Vater hat mir oft erzählt, dass du während deines Studiums als Bestattungshelfer arbeitest, also dachte ich …"

Es gibt keine Uniform für die Abholung eines Toten, wie ich weiß, und hülle mich in Alltagskleidung.

Auf dem Weg zum Leichenwagen teilt mir der Bestatter mit, dass wir eine zweiundneunzigjährige

Frau aus dem Nachbardorf holen. Nachdem der Hausarzt früh am Morgen den Tod festgestellt hat, ist ihr Sohn am Vormittag zur Bestattung gekommen, um das Organisatorische zu regeln. Sie muss nicht mehr ins Spital und kann gleich zu Hause eingesargt und zum Friedhof gebracht werden.

Bis zuletzt wurde die Frau von ihrem Sohn betreut, der bereits vor dem Eingang des Hauses auf uns wartet. Der Bestatter überreicht ihm die noch druckwarmen Parten und kontrolliert, ob genügend Platz vorhanden ist, um die Verstorbene mit der Truhe aus dem Haus zu tragen. Bei einem zu engen Stiegenhaus oder größeren Hindernissen, müssten wir sie mit einem Leintuch bis vor die Tür bringen.

Aus dem Leichenwagen holen wir das vom Sohn ausgewählte Sargmodell: Eine helle Kiste aus weichem Pappelholz, die eingefräste Blumenverzierungen auf den Seiten hat. Wir stellen die Truhe auf einen Metallwagen, schieben sie bis vor die Haustür und tragen sie den Stiegenaufgang hoch. In der Küche, wo statt einem Esstisch das Krankenbett steht, legen wir den Sarg auf den Boden und schrauben den Deckel ab. Wie vom Bestatter gewünscht, hat der Sohn bereits das Totengewand seiner Mutter vorbereitet. Es ist ein blaues Kostüm mit einer weißen Bluse.

Wir streifen uns Einweghandschuhe über und setzen die Tote auf. Ich halte sie, während der

Bestatter ihr das Nachthemd auszieht. Ihr wundgelegener, weißer Leib zeigt sich, auf dem blaugraue Venen und Blutergüsse ein Abbild ihrer letzten Jahre zeichnen, in denen sie das Bett nicht mehr verlassen konnte. An meinen Fingern spüre ich die Restwärme ihres Körpers – kaum mehr Fleisch, nur noch Haut und Knochen. Ihre Gelenke bewegen sich leicht und geben bei jedem Ruck nach. Die Totenstarre wird erst in einigen Stunden eintreten. In manchen Momenten, wenn ich ihr Gesicht im Augenwinkel sehe, denke ich, dass sie noch lebt und nur kurz ihre Augen geschlossen hat.

Der Bestatter nimmt die weiße Bluse und streift sie ihr Arm für Arm über. Ich gebe etwas nach und lege die Tote wieder zurück. Gemeinsam ziehen wir ihr die braune Strumpfhose und den blauen Rock an. Als Letztes lassen wir sie in die ebenfalls blaue Weste hineinschlüpfen. In der Brusttasche steckt ein gelbes Tuch, das mir zunächst nicht aufgefallen ist.

Um Platz für die Truhe zu schaffen, schieben wir das Krankenbett etwas zur Seite. Ich nehme die Frau an den Knöcheln, der Bestatter packt sie unter den Achseln, und mit einem Ruck heben wir sie in den Sarg. Es ist ein Modell ohne Innenleben. Erst die hochpreisigen Truhen sind mit einem Bezug aus Samt oder anderen Materialien ausgestattet. Um der Kargheit etwas gegenzusteuern, hat sie der Bestatter mit einer gemusterten Tapete verziert.

Wir rücken die Leiche gerade. Ihr Kopf wird auf einem Polster, der aus den zusammengetackerten Resten der Tapete besteht und mit alten Zeitungen ausgestopft ist, platziert. Mit einer leicht verwesbaren Decke aus Baumwolle, worauf sich ein zartes Dekor befindet, decken wir sie bis über den Bauchnabel zu, bringen ihre Hände in eine andächtige Stellung und legen ein kleines Kruzifix dazwischen.

Der Bestatter kontrolliert noch einmal den Anblick und bittet danach den Sohn zu uns, damit er Abschied nehmen kann.

Zu dritt stehen wir um den Sarg und blicken zur Verstorbenen. Wir bilden ein Dreieck um die Truhe. Der Bestatter bietet an, dass wir ein gemeinsames *Vater Unser* beten, und der Sohn stimmt zu. Ich bewege meine Lippen, auch wenn ich die Worte nicht mitspreche.

Nachdem wir den Sarg in der Kühlkammer des hiesigen Ortsfriedhofs abgeliefert haben, bringt mich der Bestatter zurück zum Haus. Er holt etwas Geld aus seiner Brieftasche und drückt es mir gemeinsam mit einem Zettel, auf dem ein Termin für den nächsten Tag notiert steht, in die Hand.

„Morgen Nachmittag haben wir ein Begräbnis in der Stadt. Wir bräuchten noch einen Träger."

Ich nicke und steige aus dem Leichenwagen.

Noch immer spüre ich die Wärme der Frau an meinen Fingern.

Nachmittag.

Heißhunger überkommt mich. Wann habe ich das letzte Mal etwas Warmes gegessen? Ich durchsuche die Küche und finde nur ein paar alte Dosen Bohnen und Linsen. Der kleine Laden hat geschlossen, aber irgendein Heuriger wird schon offen haben. Es gibt genügend davon in diesem Dorf, und ich mache mich auf die Suche.

„Ausg'steckt is: *Heuriger am hohen Weg*", lese ich auf einer Tafel entlang der Hauptstraße. Ich kenne ihn gut, wie fast alle Heurigen hier. In den Hinterhöfen und auf den Wiesen haben wir Kinder den Großteil unserer Abende verbracht, während die Erwachsenen bis spät in die Nacht zusammengesessen sind.

Wir laufen durch die Weinberge, spielen einmal Verstecken und ein anderes Mal Fangen, rollen die Wiesen zwischen den Weinstöcken hinab oder liegen einfach nur da und erzählen uns unheimliche Geschichten. Meine Ausführungen sind immer beliebt, denn sie handeln stets von Knochen und Toten, ohne dabei von übernatürlichen Wesen oder Geistern sprechen zu müssen.

Der Heurige liegt inmitten der Weingärten, hundert Meter Luftlinie vom Friedhof entfernt und etwa auf gleicher Höhe. Um ihn zu umgehen, mache ich einen weiten Bogen und komme von der anderen Seite.

Es ist früh. Ich bin der erste Gast. Mein Hunger ist so groß, dass ich eine Stelze bestelle, die aber einige Zeit dauern wird, wie ich gesagt bekomme. Der Ofen muss erst angeheizt werden.

Langsam füllt sich der Gastgarten, während ich auf mein Essen warte. Ich trinke einen gespritzten Weißwein, um meinen Durst zu löschen. Der Kopf ist noch schwer von der gestrigen Nacht. Der erste Schluck auf den leeren Magen reicht, um mich wieder in eine leichte Trance zu versetzen, dieses trügerische Gefühl von Leichtigkeit bei gleichzeitiger Schwermut.

Eine ältere Frau bedient mich. Es ist die Besitzerin, die noch auf ihre jungen Kellnerinnen wartet. Ich kenne sie von früher, etwas agiler, etwas beweglicher in meiner Erinnerung, aber mit demselben Ton in der Stimme und bestimmten Redewendungen für jede Situation.

Seit ich gekommen bin, löchert sie mich mit Fragen. Sie setzt sich immer wieder zu mir, redet und redet, und erst wenn sie länger nichts gesagt hat, erahne ich, dass eine Frage zu Ende sein könnte. So sehr ich es auch versuche, über banale Sätze zu meinem Werdegang und meinem Wohlbefinden komme ich nicht hinaus. Der Tod meines Vaters gibt mir – in meinem abweisend wirkenden Verhalten – einen gewissen Schutz. Meine kargen Antworten sind ihr natürlich nicht genug. Je mehr ich schweige, desto ausführlicher werden ihre Anekdoten aus meiner Kindheit. Dinge, an die ich mich nicht erinnere, und Dinge, die gar nicht von mir handeln können, sondern von irgendwelchen anderen Kindern stammen müssen. Sie könnte mit ihren Geschichten jeden beliebigen Jungen im Dorf meinen. Nur einmal horche ich gebannt auf, als sie kurz innehält, seufzt und danach mit einer gewissen Bitternis in ihrer Stimme sagt:

„Du bist deiner Mutter wie aus dem Gesicht geschnitten."

Es ist das erste Mal, dass mir jemand ein Detail von ihr erzählt. Vielleicht nur eine nichtssagende Floskel aus dem Mund einer alten Frau, aber es ist einer der wenigen Hinweise auf meine Mutter überhaupt. Mein Vater hat mir nichts von ihr erzählt und ich habe nie nachgefragt. Sie hat mich hier zurückgelassen, das ist alles, was ich weiß.

Meine Geburtstage feiere ich nicht.

In dem Moment, in dem die Besitzerin des Heurigen wieder zu sprechen beginnen möchte, kommen ihre jungen Helferinnen. Sie hebt ihren massigen Körper von der Bank und geht zu ihnen. Ich bin froh, wieder allein zu sein, und widme mich erneut meinem Spritzer. Beim Ansetzen des Glases an meinen Mund sehe ich im Augenwinkel die Silhouette einer Kellnerin: ihr langes, hellbraunes Haar und diese bekannten Gesichtszüge aus der Ferne.

Kann es sein?

Die Gesichter, die ich bisher gesehen habe, haben nichts in mir ausgelöst und so konnte ich sie ohne Probleme ignorieren. Aber bei ihr ist es etwas anderes.

Bevor ich die junge Frau ganz sehen kann, verschwindet sie in der Küche, zieht sich um und kommt erst nach langer Zeit wieder zurück. Ihre Haare sind hochgesteckt, so dass ich jetzt ihren Nacken sehen kann. Bei der anderen Kellnerin bestelle ich ein weiteres Glas.

Der Heurige ist voll. Meine Stelze kommt und ich verliere mich im Delirium des Hungers, das sich beim Essen bis ins Unerträgliche steigert, als hätte ich seit Jahren nicht solch einen Appetit empfunden. Das Fleisch ist so zart, dass es bei der kleinsten Berührung vom Knochen fällt. Ich tunke es in den Senf, in den frischgeriebenen Kren, der mir Tränen in die Augen treibt. Löse die Fettschicht von der Haut, schmiere sie mir aufs Brot und streue die süßlich schmeckende Kruste darüber. Jede Faser des Fleisches verzehre ich.

Ich nehme einen Schluck vom Spritzer und sehe in die Ferne. Mein Blick wandert über die Weinreben hinweg, das Tal hinunter zu den wiehernden Pferden und hinauf zur Kirche.

Vater liegt dort.

Mein Herz bleibt stehen. Ein, zwei, drei Sekunden vielleicht, aber um wie viel länger für mein Gefühl.

Der Blick verschwimmt.

Unterdessen ich einen großen Biss von der Stelze nehme und mein Mund voll ist, steht die junge Frau plötzlich vor mir.

Sie!

Sie lächelt mich an, aber ich kann kein Wort sagen. Bevor ich runtergeschluckt habe, ist sie wieder weg.

Bilde ich mir das alles nur ein?

Neben mich haben sich Menschen gesetzt. Sie führen eine rege Unterhaltung, der ich mich leicht entziehen kann. Ab und zu erhasche ich Gesprächsbrocken, aber sie stoppen meine Gedankenachterbahn nicht. Ein wohlgenährter Mann sagt, als er gerade ein Stück vom Schmalzbrot verschlingt:

„Jetzt sterben die Leute wie die Fliegen."

Die Frau neben ihm stößt ihn in die Rippen und deutet auf mich. Er setzt zu einer Entschuldigung an oder was auch immer, aber ich lache und mache eine abwehrende Geste.

Wo ist sie?

Die Zeit vergeht schleppend und mit der ständigen Suche nach ihr. Ich trinke und warte bis zum letzten Schluck, um ihr zu winken, einen Grund zu haben, sie anzusprechen, aber sie kommt nicht mehr, ist irgendwohin verschwunden, als der große Ansturm der Gäste vorbei gewesen ist.

Ich bezahle und könnte die Besitzerin fragen, wer dieses wunderbare Wesen ist, aber mir ist jegliche Lust vergangen. Die Müdigkeit ist zu groß für lebensentscheidende Neuigkeiten, die vielleicht gar keine sind.

Jetzt kann sie noch alles für mich sein.

Ich gehe.

Nein, nicht vorbei am Friedhof!

Wieder der Umweg.

Unter einer leerstehenden Laube entlang der Kellergasse mache ich halt. Ich lege mich ins Gras und blicke durch die herabhängenden Weinreben in den Himmel. Die junge Frau beugt sich über mich und bedeckt mein ganzes Sichtfeld.

„Ich dachte, du wärst ein Traum."

Sie lacht.

„Haben Träume geschwollene Füße?"

Neben mir nimmt sie Platz und lehnt sich auf die Seite.

„Kannst du dich erinnern?", fragt sie mit zarter Stimme.

Ein leuchtender Ring hat sich durch das einfallende Licht um ihre Iris gelegt.

„Die schönen Dinge, ja!", sage ich etwas zögerlich und versuche, souverän zu wirken, um meinen völligen Filmriss von gestern Abend, dieses schwarze Loch, in das ich unter dem Apfelbaum gefallen bin und das mich neben ihr erwachen ließ, nicht zur Schau zu stellen.

„Ich glaube dir kein Wort!"

Vorbei ist es mit meiner Souveränität. Vorbei mit dieser Abgeklärtheit, die ich nie hatte. Nichts ist mir in Erinnerung, als das Erwachen neben ihr und dieses unbändige Gefühl einer Verbundenheit. Jedes Detail ihres Rückens, ihres Nackens und ihres Duftes könnte ich aufzählen, aber weiß doch nichts über sie.

Irgendetwas muss ich jetzt sagen, aber mir kommen nur schwülstige Worte, leere Phrasen und Plattitüden in den Sinn. Sie hören sich schon in der Gedankenformulierung wie billige Sprüche an, wie klingen sie dann erst in der Aussprache?

Irgendetwas, irgendwas sagen, jetzt!

„Du hast dich nicht verändert", unterbricht sie nach kurzer Zeit meine rasenden Gedanken, als hätte sie alle gehört.

Sie legt ihre Hand an meine Wange und lächelt gütig, während sie meine Züge genau mustert. Langsam streicht sie über mein Gesicht, meine Augen und springt unvermittelt auf.

„Sehen wir uns wieder?", rufe ich ihr zu, diesen einzigen Satz, den ich noch irgendwie aus meinem Mund zwängen kann.

„Nicht, wenn ich es verhindern kann!"

Sie läuft zurück zum Heurigen. Ihr hellbraunes Haar im Wind und im Licht der letzten Sonnenstrahlen leuchtet wie reines Gold zwischen den grünenden Weinreben.

Wer ist sie?

Ich bleibe noch etwas im Gras liegen und sehe dem Sonnenuntergang zu. Es ist eine helle Nacht im aufgehenden Vollmond.

Im schwachen Schein der Straßenlaternen gehe ich zurück zum Haus und summe dabei vor mich hin. Eine seltsame Freude überkommt mich.

Ich kann an Schlaf nicht einmal denken, und beginne wie wild den ersten Raum in der unteren Etage zu säubern. Das unnötige Zeug werfe ich in den Garten hinaus und kehre zusammen, bis nur noch eine Wolke aus Staub bleibt.

In der Schublade einer Kommode, die im letzten Eck steht, finde ich das vergilbte Foto einer jungen Frau, die ich nicht kenne.

„*K.*“, lese ich auf der Rückseite.

Ich gehe nach oben.

Das Zimmer, das Bett, alles hier duftet noch immer nach ihr.

Das Porträt der Frau lege ich auf meine Brust und schlafe mit ihrem Bild ein.

Sie ist wunderschön.

Mit den ersten Sonnenstrahlen wache ich auf und gehe in anhaltender Hochstimmung in das untere Geschoss. Der Staub hat sich gelegt. Alles wirkt freundlicher. Ich finde endlich die richtigen Schalter und Hebel, um den Strom und das Wasser in Gang zu setzen. Nach längerer Zeit dusche ich mich wieder gründlich und fühle mich wie neu belebt.

Es bleibt mir der ganze Vormittag, bevor ich den Bus nehmen muss, um rechtzeitig in der Stadt zu sein. Beim kleinen Laden besorge ich das Nötigste für die nächsten Tage. Die Verkäuferin erkennt mich wieder und weiß jetzt, welcher Familie sie mich zuordnen kann.

Jedes Mal, wenn ich für meinen Vater und mich eine Jause nach dem Graben geholt habe, hat sie mir ein rotes Gummibonbon gegeben. Der süßliche Geschmack und die klebrige Konsistenz, wenn es langsam auf der Zunge zergeht, kommen mir auf einmal in den Sinn. Die Bonbons stehen noch immer neben der Kassa und ich sehe sie scheinbar so sehnsuchtsvoll an, dass die alte Dame mir eines anbietet.

Ich lehne ab.

Ohne einmal hochzublicken, rechnet sie die Waren zusammen.

„Bleibst du also doch etwas länger? Wir haben uns schon gewundert!“

Da ist es wieder, dieses *Wir* in einem Satz, das ich nur aus dem Dorf kenne und schon als Kind nicht verstanden habe. Wer sind *Wir*? Ich frage nicht nach. Es ist sinnlos.

Plötzlich beginnt die Verkäuferin zu lächeln, als würde sie sich an etwas erinnern.

„Deine Großmutter war so eine tüchtige Frau. Fast alleine hat sie sich um eure Landwirtschaft gekümmert, während dein Großvater ... und sie ist immer hilfsbereit gewesen, wenn wir sie gebraucht haben. Leider ist sie ja auch viel zu früh ..."

Irgendetwas hindert sie daran, ihre Sätze fertig zu sprechen.

Sie schluckt.

„Und wie schön sie auf der Zither spielen konnte!"

Ich lächle, um ihr ein Gefühl von Zustimmung zu vermitteln, aber ich weiß kaum etwas über meine Großmutter. Sie ist gestorben, als ich drei Jahre alt war. Nicht einmal eine Fotografie kenne ich von ihr, und das Spiel ihrer Zither habe ich nie gehört. Das Einzige, was ich mit ihr verbinde, ist der Geruch von Heu. Rieche ich irgendwo getrocknetes Gras, dann sehe ich mich als kleines Kind auf einem Anhänger in einem riesigen Berg davon liegen. Großmutter sitzt vorne, hält die Zügel des Pferdes in der Hand und blickt zu mir zurück. Die Sonne blendet mich und ihr Gesicht wird in einen Schatten gehüllt.

„Sie hat sich totgearbeitet!“, hat mein Vater einmal beiläufig erwähnt, aber ich habe seine Worte nie hinterfragt.

Die Verkäuferin möchte weiter mit mir plaudern, nachdem ich meinen Einkauf in einer Stofftasche verpackt habe, und ich sehe an ihren veränderten Gesichtszügen, dass sie gleich auf meinen Vater zu sprechen kommt. Bevor sie ihre Stimme wieder heben kann, entschuldige ich mich und verlasse ihren Laden.

Auf dem Rückweg gehe ich am Haus eines Mannes vorbei, der wohl schon lange tot sein muss. Er ist bereits hundert Jahre alt gewesen, als ich fortgegangen bin, aber nichts hat ihn an der Einhaltung seiner täglichen Routinen gehindert.

Jeden Tag fährt der alte Mann mit seinem greisen Pferd, das bereits zu betagt ist, um jemanden zu tragen oder etwas zu ziehen, aus und dreht mit ihm am Fahrrad eine Runde durch die Ortschaft. Mit einer Hand am Lenkrad und der anderen am Zügel fährt er bis zum nächsten Heurigen und lässt es in der Wiese oder den Weinbergen grasen, während er sich ein Bratlfettnbrot und ein Glas Rotwein genehmigt.

Wenn wir zu Hause etwas Brot übrig haben, darf ich es in einen Korb legen und dem Pferd bringen. Der alte Mann erzählt mir Geschichten von seinen Tieren, seiner lebenslangen Verbundenheit zu ihnen und wie er in jungen Jahren die aufregendsten Ausritte gemacht hat – manchmal über Tage und Wochen, nur er und sein Pferd in einer menschenleeren Landschaft. Seine Geschichten erzählt er mit großen Gesten und einem Glänzen in seinen Augen. Ich höre ihm gebannt zu. Ein jedes Wort aus seinem Mund wirkt wie ein Erdbeben in den Kratern seines Gesichts.

Die Wege meiner Kindheit, je öfter ich sie mechanisch abgehe und mir Kleinigkeiten ins Auge springen, desto größere Brocken an Erinnerungen lösen sich.

Wie viel liegt in mir, das ich vergessen habe?

Mit ziemlicher Sicherheit ist der alte Mann bereits gestorben, aber ich klopfe nicht an sein Tor. So lange ich die Tür geschlossen halte, so lange ich nicht weiß, dass er tot ist, so lange ist er für mich am Leben.

Ich unterbreche mich sofort in dem Gedanken, der nur im furchtbarsten Todeskitsch enden kann.

Vielleicht ist es keine gute Idee, länger hier zu bleiben. Jede Stunde und jeder Tag könnte mich mehr und mehr das Vergessen kosten.

In der Küche schmiere ich mir ein Butterbrot und trinke Schwarztee.

Mein Vater richtet mir kaum Frühstück. Schweigend nippt er an seinem Kaffee und stellt mir eine

Milch auf den Tisch, die er am frühen Morgen von unserer Ziege gemolken hat. Vor dem Graben verträgt er kein Essen, denn es macht ihn zu träge. Erst, wenn alles erledigt ist, packen wir unsere Jause aus. Gemeinsam sitzen wir mit unseren Leberkässemmeln auf der Parkbank neben dem Friedhof und sehen in die Ferne.

„Jetzt haben wir es uns verdient", sagt mein Vater und lächelt mir zu.

Ich esse im Stehen und lasse meinen Blick über den Boden schweifen. Der Holzwurm dürfte sich schon seit Jahren in das Haus fressen. Erst gestern habe ich gekehrt, aber wieder liegen da kleine Haufen von Holzmehl, das sich zwischen den Fingern wie feinster Sand anfühlt. Die Balken über mir sind morsch. Der Verputz bröckelt und legt das Strohgebinde frei. Wenn ich lange genug stehen bleibe, dann sehe ich, wie der Staub langsam herabfällt.

Mit jeder Stunde verliert das Haus an Substanz. Irgendwann wird der Dachboden einbrechen, die Zwischenwände werden nachgeben und dann bleiben nur noch die Außenmauern, als einziges Relikt. Eine Renovierung zahlt sich schon lange nicht mehr aus, und ich verstehe nicht, was mein Vater in dieser Bruchbude gesehen hat. Früher hat er alles, was auch nur im Ansatz nach Vergangenheit roch, sofort zusammengeschnitten und verbrannt.

Von dem Haus seiner Kindheit hat er sich nie trennen können.

Mit dem Werkzeug, das ich in der Scheune finde, beginne ich, den alten Esstisch und die Stühle im Garten abzuschleifen. Die mechanische Arbeit lenkt mich ab, aber nährt meine Gedanken an die junge Frau. Ich bin ihr ohne Schutz ausgeliefert. Die verschwommenen Bilder der Nacht, des kurzen Erwachens an ihrer Seite und unsere Begegnung in den Weinhügeln laufen in einer Endlosschleife vor meinem innersten Auge.

Welch Spiel treibt sie mit mir?

Woher kenne ich sie?

Meine Bewegungen werden schneller, unruhiger. Jede Ecke schleife ich glatt, löse den brüchigen Lack und gleite mit meinen Fingern immer wieder über gewisse Stellen, um zu fühlen, ob noch etwas reibt, keine Furche mehr bleibt. Erst, wenn ich über das Holz wie über glatte Haut streiche, höre ich auf.

Das Dienstgewand meines Vaters habe ich nach seiner Beerdigung etwas lüften lassen. Ich ziehe mich um und gehe hinauf zur Bushaltestelle. Kurz vor Mittag bin ich im Haus des Bestatters, der mich zum Essen mit seiner Familie einlädt. Ich möchte absagen, fühle mich unwohl in so einer großen und zugleich intimen Runde, aber schaffe es nicht. Zaghaft setze ich mich an den Tisch, an dem die Bestatterin, ihre Söhne und Freunde, die ihnen bei den Beerdigungen helfen, lautstark über etwas diskutieren. Der Bestatter stellt mir einen Teller hin. Ich nehme mir von den Schinkenfleckerl und dem Rote-Rüben-Salat, den ich nicht in die vorgesehene Extraschüssel lege. Die Schlieren des Saftes laufen langsam ineinander und färben den weißen Teig in ein blasses Rosa.

Irgendjemand richtet das Wort an mich und fragt mich nach meiner Meinung zu einem Thema. Etwas irritiert blicke ich von meinem Teller hoch. Als ich nicht reagiere, wird die Frage wiederholt.

„Und wo liegen deine musikalischen Wurzeln?"

Abwehrend sage ich, dass ich nichts von Musik verstehe.

„Jeder versteht Musik, weil es nichts zu verstehen gibt. Sie ist der direkte Weg zur Seele", sagt ein junger Mann, den ich jetzt als den ältesten Sohn ausmache, pathetisch, und die anderen nicken. Ich kenne diese Aussage, aber habe sie nie verstanden.

Während die Tischgesellschaft weiter über Musik redet, esse ich in Stille.

Eines Tages habe ich die Zither meiner Großmutter in einem Koffer im Keller gefunden. Es ist ein einfaches Exemplar zur Erlernung des Instrumentes und nicht für große Konzerte gedacht. Ich öffne den Deckel und streiche über die verstimmten Saiten. Jeder Ton klingt falsch, aber in ihrem Zusammenspiel erzeugen sie eine fabelhafte Melodie, die mich in ihrer Intensität erschaudern lässt. Ohne zu wissen, was ich mache, zupfe ich wild an den Saiten, bis ich sie alle in einen einzigen Klang tauche. Ich spiele ohne Absicht und nur aus mir selbst heraus.

Schneller, langsamer, lauter, leiser.

Es kommt mir nicht auf die Töne an, sondern wie ich sie anschlage und was ich dabei fühle. Höre das Gespielte nicht und folge einfach dem Rausch der Bewegung. Ich vergesse alles um mich, bis mein Vater in den Keller stürmt und den Deckel zuschlägt, während meine Finger noch auf den Saiten liegen.

Danach habe ich die Zither nie mehr gesehen.

Mein Vater soll früher leidenschaftlich gesungen haben, wie mir eine alte Frau am Grab erzählt hat, während sie hypnotisiert der Schaufel nachsah. In jeder Situation hat er irgendein Lied lautstark herausposaunt. Nur einmal habe ich ihn darauf angesprochen.

„Das ist schon gar nicht mehr wahr!“, hat er gereizt geantwortet.

Irgendwann hat Vater einfach aufgehört zu singen.

Zu Fuß gehe ich die paar Meter zum Stadtfriedhof, während der Bestatter mit dem Leichenwagen vorfährt. Wir schieben den Sarg aus der Kühlung und heben ihn auf den Bahrwagen. Er wird in der Mitte des Saales platziert. Die Kränze und Buketts, die der Gärtner vor die Aufbahrungshalle gelegt hat, hängen wir links und rechts auf Metallständer und positionieren sie in Hierarchie der Familienzugehörigkeit. Die Namen auf den Schleifen tragen wir in eine Liste ein. Mit einem Lederriemen montieren wir ein silbernes Kreuz auf der Truhe und kleben ein Blumengesteck mit doppelseitigem Klebeband auf den Deckel, damit es beim Hinabsetztten ins Grab nicht zu rutschen beginnt.

Weihwasser. Trauerkerze. Bild der Verstorbenen.

Mit einem Pack Totenbilder in der Hand stehe ich vor der Aufbahrungshalle und verteile sie an die eintreffenden Trauergäste. Die Sonne blendet mich. Die Zeit sehe ich an den Schatten der Gräber vorbeiziehen, während über ihnen die Luft zu flimmern beginnt und meinen Blick in einen undurchsichtigen Schleier taucht.

Wie viele Stunden bin ich in gleicher Haltung auf unzähligen Begräbnissen gestanden, nachdem ich die Provinz verlassen und die Arbeit bei der Bestattung in der Hauptstadt angenommen habe?

Bereits einige Zeit vor dem Beginn meines Studiums fliehe ich aus dem Dorf. Das Geld wird knapp, und jeder Versuch, eine Arbeit zu finden, ist ohne Erfolg. Mir fehlt die Erfahrung, wie sie mir bei den Vorstellungsgesprächen ständig sagen, und da entdecke ich eine Zeitungsanzeige:

„Bestattungshelfer gesucht (*geringfügig oder fallweise*)“.

Die Sekretärin begrüßt mich und bittet mich, kurz Platz zu nehmen. Alles wirkt steril an diesem Ort, die Bodenfliesen und die Wände sind weiß gehalten, der Rest ist aus Glas und mit Chrom versehen. Ich setze mich auf eine Kunstledercouch und fühle mich wie im Warteraum eines Zahnarztes. Vor mir auf dem Glastisch steht ein Prospekthalter, in dem verschiedene Broschüren von Spezialbestattungen platziert sind. Ich nehme sie nacheinander heraus und studiere sie: Ein Prospekt für eine idyllische Baumbestattung. Ein Prospekt zur würdevollen Verstreuung der Asche in einem Fluss. Ein Prospekt einer Trauerrednerагentur. Ein Prospekt zur Veredelung der Asche des Angehörigen durch eine Diamantpressfirma in der Schweiz, die ein Erinnerungsunikat herstellt, welches als Erbstück ewig weitergegeben werden kann, wie es darin heißt.

Nachdem ich die Folder gelesen habe und meinen Blick durch die Bestattungsfiliale schweifen lasse, verharre ich bei einem Schild mit der Aufschrift: *Sargschauraum*. Ein Zauberwort für meine Vorstellung. Eine Tafel zeigt zu den linksliegenden Stiegen, die in den zweiten Stock hinaufführen. Die Sekretärin ist beschäftigt, mir ist langweilig, also riskiere ich einen Blick und gehe die Treppen hoch. In einer Reihe aufgefädelt stehen verschiedene Modelle, in allen möglichen Preisklassen. Die billigeren Weichholzvarianten kenne ich von unseren Begräbnissen in der Provinz, die Luxusausführungen sind mir neu. Sie liegen offen da. Ihr Deckel steht aufrecht an der Wand und davor ist ein Plastikpult mit einer laminierten Produktbeschreibung. Die Truhen sind hinten angehoben, sodass ich mich ohne Mühe in sie hineinlegen kann. Unterdessen ich beim letzten und teuersten Modell ankomme und das Innenfutter genauer untersuche, erscheint die Sekretärin vor mir. Ich sehe sie nicht gleich, und als sie zu reden anfängt, will ich aus Reflex sagen: „Danke, ich schau nur!", aber besinne mich dann doch rechtzeitig und folge der Aufforderung, ihr nachzugehen.

Die Sekretärin führt mich in einen Besprechungsraum im hinteren Teil der Filiale, wo üblicherweise die Gespräche mit den Angehörigen geführt werden. Daneben befindet sich das Büro des Geschäftsführers, der gerade telefoniert. Ich setze mich an den großen Besprechungstisch aus Glas und starre auf Fotografien von Aufbahrungen.

Die Bilder sind von schlechter Qualität und ich sehe darauf nur ein Meer aus Blumen und Kerzen, hinter denen sich irgendwo im Hintergrund ein Sarg verbergen könnte.

Nach einiger Zeit tritt ein Mann mit grauem Anzug, weißem Hemd und einer weinroten Krawatte in den Raum. Ich stehe auf, gebe ihm die Hand und begrüße ihn. Der Mann ist noch keine vierzig, hat seine Glatze zum Glänzen gebracht und rund um seine Lippen hat er einen Mundrahmenbart, der am Kinn ausläuft. Wir setzen uns. Er öffnet eine Mappe mit meinem Lebenslauf darin, aber blickt nicht wirklich hinein und fragt mich ohne Umschweife, was ich mir unter der Arbeit eines Bestattungshelfers vorstelle. Ich weiß es nicht und stammle etwas von Büroarbeit. Sage:

„Vielleicht auf Ämter laufen und Dokumente beurkunden lassen?“

Er lacht und sagt, das sei alles falsch „natürlich“:

„Als Bestattungshelfer sind Sie nur am Friedhof. Haben Sie damit ein Problem?“

Ich verneine.

„Sie werden auch Leichen sehen. Glauben Sie, Sie halten das aus?“

Ich nicke und sage mit einem Lächeln, dass ich mich da auskenne. Während ich gerade in Ansätzen über meinen Lebenslauf am Friedhof, über meinen Vater, den Totengräber, und meine Erfahrungen mit der Dorfbestattung erzählen will, unterbricht er mich umgehend:

„In der Großstadt ist alles anders!“

Als Antwort auf seine Frage, was meine Motivation sei, die Arbeit bei der Bestattung annehmen zu wollen, sage ich, dass ich gerne die andere Seite sehen möchte, auch wenn ich nicht genau weiß, was ich damit meine, und stottere noch einige Halbsätze heraus.

Sein Blick schweift durch den Raum und er beginnt, ausführlich über sein Metier zu philosophieren. Regungslos höre ich seinen abgeklärten Worten zu, die er im Ton eines einstudierten Schulreferats runterrattert. Sein Konfektionsanzug hängt formlos an ihm herunter und lässt jeden individuellen Eindruck verschwinden. Nichts an ihm entspricht einer Friedhofsfigur, wie ich sie erlebt habe. Er hat kein Friedhofsgesicht, keine Friedhofsaugen. Hier sitzt kein Mensch des Todes vor mir, wie ich denke. An seiner Ausstrahlung kann ich nicht erkennen, dass er überhaupt etwas mit dem Tod zu tun hat. Nichts hat sich in sein Aug eingeschrieben. Er könnte mir genauso gut einen Staubsauger verkaufen. Das Einzige, was ich wahrnehme und mich verstummen lässt, ist eine gespielte Arroganz, die wahrscheinlich mit der Funktion als Geschäftsführer einhergeht.

Ich weiß es nicht.

Wir haben uns nichts mehr zu sagen und er stellt mich auf Probe ein. Ich soll ein paar Durchführungen machen, wie er die Begräbnisse nennt, und dann würden wir sehen, ob es passt oder nicht. Ich stimme zu und verlasse die Bestattungsfiliale mit einem flauen Gefühl.

An den Außenmauern sehe ich die verblichenen Abzeichen einer großen Fast-Food-Kette, die sich zuletzt in dieses Haus eingemietet hatte, aber an dem Standort nicht überleben konnte.

Die Trauerfeier beginnt.

Der Pfarrer betritt den Saal und ich verschwinde mit den anderen Sargträgern in einer Nebenkammer. Sie flüstern, erzählen sich Witze, die ihre Gespräche immer weiter hochschaukeln. Ständig müssen sie sich selbst ermahnen, um ihren Lärmpegel zu regulieren.

Orgelmusik und fallende Geldstücke.

Nachdem die Kollekte durch ist und die Auszugsmusik angestimmt wird, treten wir aus unserer Kammer. Im Gleichschritt gehen wir zur Truhe, verbeugen uns, stellen die Blumen zur Seite und folgen dem Kreuzträger und dem Pfarrer. Nach einigen Schritten werfen wir einen Blick zurück, um zu sehen, ob der Trauerzug nicht zu weit abfällt, und passen unser Tempo an.

Glockenschläge hallen über den Friedhof.

Der Weg ist lang und Grab um Grab zieht an uns vorbei.

Bei der Ruhestätte angekommen, ziehen wir die Handbremse am Bahrwagen. Ich nehme den Sarg am Kopf und ein zweiter bei den Füßen. In Absicherung der anderen tragen wir ihn den restlichen Weg und legen ihn über das Loch.

„Wir übergeben den Leib der Erde", spricht der Pfarrer unser Stichwort und wir lassen mit den Stricken die Truhe langsam hinab.

Da die Einfassung zu knapp bemessen wurde, müssen wir den Sarg einfädeln. Zuerst wird der Fußteil gesenkt und der Kopfteil so steil wie möglich gehalten. Gemeinsam schwenken wir die Truhe in eine Ausbuchtung, die der Totengräber ganz unten am Fußende gemacht hat, und geben erst dann mit dem Rest nach. Zwei, drei Versuche brauchen wir, um den richtigen Winkel zu erwischen, während uns die Hinterbliebenen in allen Bewegungen beobachten und bei jedem heftigen Ruck kurz aufschrecken. Nicht nur einmal ist bei diesem Prozedere der Sarg verkehrt gelandet oder ungebremst ins Loch gefallen und dabei der Deckel aufgesprungen.

Glaubensbekenntnis. Ave Maria. Ende.

Wir kehren die Halle zusammen, bringen die restlichen Blumen ans Grab und unsere Arbeit ist getan. Von den Hinterbliebenen sind wir auf den Leichenschmaus eingeladen worden, wie der Bestatter sagt. Ich will noch rechtzeitig den Bus erwischen, aber er besteht darauf, dass ich mitkomme.

Wir essen und trinken im Extrazimmer einer alten Gaststätte, während die Angehörigen im großen Saal sitzen.

Schnitzel, Bier und wieder Anekdoten vom Friedhof, über die alle lachen, als würden sie zum ersten Mal erzählt. Es wird still und ich weiß, dass ich an der Reihe bin.

Irgendetwas muss ich sagen. Etwas lustiges.

Einige Geschichten kommen hoch, mehr Anekdoten als ich gedacht hätte, aber kaum etwas mit Witz. Vater hatte es sich zur Meisterschaft gemacht, ein- und dieselbe Geschichte immer und immer wieder zu erzählen, bis die Leute schon beim ersten Wort zu lachen begannen.

Kurz bevor die anbrechende Stille ins Unangenehme zu kippen droht, fällt mir mein erstes Erlebnis in der Hauptstadt ein:

Alles ist hergerichtet für die Verabschiedung einer gewissen Frau Schwarz, und wir warten nur noch auf den Geistlichen. Kurz bevor es beginnen soll, kommt endlich jemand. Hektisch sieht er die Namen der Begräbnisfeiern durch, die vorne am Eingang im Halbstundentakt aufgelistet sind, und scheint seine nicht zu finden. Er sieht verwirrt aus. Ich gehe zu ihm und frage ihn:

„Machen Sie die Trauerfeier *Schwarz*?“

Verdutzt blickt er mich an und sagt, wie aus der Pistole geschossen:

„Nein, nein! Ich bin eh von der Kirche.“

Ich kann keine Witze erzählen und mir fehlt jegliches Gefühl für die Pointe, aber es hat gereicht, um ihnen zumindest ein Lächeln zu entlocken. Durch diesen Erfolg bin ich gelöster. Sie erzählen offener, freier jetzt, wie ich empfinde, und ich höre ihnen gerne zu.

Wir bestellen eine weitere Runde auf Rechnung des Bestatters, nach der er mich zurück ins Haus bringt. Auf dem Weg läutet sein Telefon. Er blickt lachend zu mir:

„Ja, ja. Kein Problem!“

Der Bestatter hält sich das Telefon an die Brust:

„Morgen früh, geht das bei dir?“

Eine Ausrede fällt mir auf die Schnelle nicht ein und ich gebe ihm ein Zeichen der Zustimmung. Er legt auf.

„Es ist jemand aus deinem Dorf gestorben. Ihr müsst ihn morgen aus dem Krankenhaus holen und in ein paar Tagen ist das Begräbnis.“

Der Bestatter gibt mir ein Kuvert mit meinem Lohn für die heutige Arbeit und schreibt mir zur Sicherheit nochmals den Termin darauf. Am frühen Vormittag wird mich sein Sohn abholen und am Nachmittag werde ich die Parten bekommen, wenn die Details mit der Familie geklärt sind.

Sollte ich wieder zum Heurigen? Vielleicht ist sie ja da?

Ich bin gesättigt und müde vom Leichenschmaus und setze mich in den Garten, um die Eindrücke des Tages zu verarbeiten. Es war nett, unaufgeregt und fast fröhlich heute. Fühle mich wohl unter den Leuten, wie schon lange nicht mehr. Nicht eine Sekunde der Drang, mich zurückzuziehen. Selbst die lange Erinnerung, dieses Graben in meiner Vergangenheit, ist angenehm gewesen.

Um mich zu beschäftigen und noch etwas zu bewegen, mache ich dort weiter, wo ich am Vormittag aufgehört habe. Ich schleife die restlichen Stühle ab und säubere anschließend das Haus, soweit es mir möglich ist. Vater hat seine Renovierungsarbeit im alten Schlafzimmer seiner Eltern begonnen. Er hat einen neuen Holzboden verlegt. Die Wände sind neu verspachtelt und ausgeweißt. In der Mitte des Raumes steht die Pritsche, auf der ihn der Bestatter gefunden hat.

Ich habe das Zimmer bisher gemieden.

Nach einigen Stunden lasse ich mich ins Bett fallen, doch der Schlaf will nicht kommen. Ich döse vor mich hin und sehe das unscharfe Gesicht der jungen Frau. Ihre Züge versuche ich bis auf das kleinste Detail in Erinnerung zu rufen, aber ein Schleier überzieht sie.

Kleinigkeiten irgendwo: Da ein Muttermal an ihrem Hals, dort ein Grübchen und ihre strahlenden Augen, aber nichts macht das Gesicht zu ihrem Gesicht. Egal, wie sehr ich mich anstrenge, es ist nur ihre Silhouette, die ich in mir wachrufen kann. Selbst ihre Stimme klingt nicht mehr in meinem Ohr, obwohl ich sie erst vor wenigen Stunden gehört habe.

Ist es nicht die Stimme, an die man sich stets erinnert?

Mit jedem Glockenschlag in der Ferne warte ich ein bisschen länger auf sie. Ihre Arbeit beim Heurigen sollte schon lange vorbei sein und sie könnte jeden Moment kommen. Sie hat es nicht gesagt, mir keine Hoffnungen gemacht, trotzdem erwarte ich sie aufgeregt. Ich sehne mich nach ihrer Wärme und ihrem Duft, der mir noch als Einziges geblieben ist, aber langsam wieder den Raum verlässt.

Nein, heute bleibt sie fern.

Vormittag.

Schlafe tief und fest und werde erst durch ein Klopfen wach. Ich brauche einen Moment, um zu realisieren, wo ich bin und was gerade passiert.

Der Sohn des Bestatters steht vor der Tür und wartet. Ich ziehe mich an und rase die Stiegen hinunter. Der junge Mann, den ich zum ersten Mal bei unserem gemeinsamen Essen gesehen habe, grüßt mich und wir steigen in den Leichenwagen. Er teilt mir mit, in welche Pathologie wir fahren, dass wir danach einige Beurkundungen zu erledigen hätten und anschließend als Sargträger bei einer Beerdigung eingeteilt sind.

Ich rede nicht viel und höre mir seine Geschichte an. Er ist Mitte zwanzig, also nur einige Jahre jünger als ich und wurde, wie seine Geschwister, in der Bestattung groß, die er eines Tages in fünfter Generation übernehmen wird. In seinen Gesten lese ich eine ungespielte Abgeklärtheit. Die Rituale des Todes sind ihm zum Alltag geworden und scheinen ihn nicht zu berühren. Sein Blick und seine Worte sind fröhlich und voller Leichtigkeit. Er erledigt seine Aufgaben pflichtbewusst und geht dann seinen musikalischen Leidenschaften nach.

Von Anfang an haben wir mit gleichen Augen auf das Leben geblickt. Was unterscheidet uns?

Nach etwa einer dreiviertel Stunde Fahrzeit erreichen wir das Krankenhaus: Einzelne Gebäude, die miteinander verbunden sind, und Schilder, die erst nach längerem Studium Sinn ergeben. Der Jungbestatter fährt zwei Mal im Kreis, bis wir endlich die Pathologie erreichen. Vor der Einfahrt parkt er den Wagen, und als wir zur Tür gehen, öffnet sich langsam das große Garagentor daneben. Ein Mann in Weiß, Schnurrbart, kurzes, schwarzgefärbtes Haar, mit unzähligen Unterarmtätowierungen, begrüßt uns. Der Sohn des Bestatters macht sich vorstellig. Er spricht in einem naiven, freundlichen Ton und gibt dem Prosekturgehilfen einen Zettel in die Hand. Er dreht sich um und blickt auf die neun Kühlzellen vor ihm, die im Schachbrettmuster angeordnet sind. In der mittleren Etage öffnet er ein Fenster und zieht eine Leiche heraus. Er schlägt das Tuch auf die Seite und sagt mit einem Lachen:

„Sind wir da richtig?“

In seinem Ton liegt eine gewisse Überheblichkeit, die mit einem Hauch von Ironie überzogen ist. Der Jungbestatter kennt ausschließlich den Namen des Verstorbenen. Er hat kein Foto dabei und in seinen Notizen steht weiters nur das Krankenhaus sowie Zeitpunkt des Todes. Sie einigen sich, dass es schon der Richtige sein wird.

Wir gehen zurück zum Auto und holen den leeren Sarg aus dem Kofferraum, den die Witwe am Vortag ausgesucht hat, und legen darüber das Totengewand. Während die Leiche vom Prosekturgehilfen und einem weiteren Mitarbeiter angezogen wird, muss der Sohn des Bestatters zur Kassa, um die Rechnung zu bezahlen. Ich begleite ihn.

Mit dem Lift fahren wir von der Pathologie ins Erdgeschoss hoch. Links und rechts am Gang wartende Menschen in grünen und blauen Kitteln, mit oder ohne Mundschutz; andere in Alltagskleidung und ihre Gesichter über Zeitschriften gebeugt. Ein jeder Stuhl ist besetzt. Nach und nach ziehen Betten und Gehhilfen mit Kranken vorbei. Überall der Geruch von Desinfektion und eine seltsame Wärme, die mir den Magen verdreht. Der Jungbestatter tritt zum Kassafenster, hinter dem eine junge Dame sitzt, die kaugummikauend das Geld entgegennimmt und ihm eine Bestätigung aushändigt.

Es gibt keine Komplikationen.

Wir haben noch Zeit und gehen in die Kantine. Ich sitze dem Sohn des Bestatters gegenüber und trinke einen Kaffee, der nach Asche schmeckt. Er erzählt mir etwas, aber seine Worte dringen nicht bis zu mir durch. Geräusche um mich, die in eine Monotonie von Tönen zersplittern und die ich wie durch einen dumpfen Filter höre: Die mahlende Kaffeemaschine. Huster der Kranken aus den Gängen. Namen, die durch den Lautsprecher kratzen. Lichter im Intervallwalzer. Eine quietschende Tür öffnet sich, die andere schließt sich. Neben mir schlägt jemand eine Gratiszeitung auf, deren Titelblatt das Foto von einem Flugzeugabsturz zeigt und darüber eine Todeszahl in großen Lettern steht, die über hundert zählt. Nach jedem Satz befeuchtet der Jungbestatter seine spröden Lippen mit der Zunge. Jede Bewegung, jedes Geräusch, alles – was ich wahrnehme –

scheint isoliert und doch unmerklich miteinander verbunden.

Zurück zur Pathologie. Im Lift ein Mann im Rollstuhl, der gerne nach oben möchte, aber mit uns hinunterfahren muss. Aus dem Augenwinkel, als wir wieder zu unserem Ausgangspunkt zurückkommen, sehe ich, wie gerade an einer Leiche gearbeitet wird: Die aufgeschlagene weiße Haut. Das erstarrte Blut in diesem seltsamen Rot. Gedärme. Innereien in allen Farben. Lange habe ich mich diesem Blick verweigert. Habe wirkliche Angst davor gehabt, was er in mir auslösen könnte, aber, wie bei allem anderen, siegt die Gewohnheit über die Macht der Bilder.

Unser Toter liegt in seinen Kleidern in der Truhe. Der Sohn des Bestatters inspiziert den Leichnam mit einem flüchtigen Blick und drückt dem Prosekturgehilfen ein Trinkgeld in die Hand. Er bedankt sich nicht und gibt mit seinen Gesten zu erkennen, dass er sich mehr erwartet hätte.

Gemeinsam schließen wir den Deckel des Sarges und heben ihn in den Kofferraum. Bevor wir zurück aufs Land fahren können, müssen noch die Beamtenwege erledigt werden, die uns bei größtem Verkehr quer durch die Stadt führen.

Im dritten Stock des Amtshauses befindet sich die Abteilung für Sterbeurkunden. Niemand sonst ist hier. Eine Sekretärin tritt nach kurzer Zeit an ihr

Pult und nimmt unser Anliegen entgegen. Sie schreibt sich die Daten auf, die sie braucht, und sagt lachend:

„Ein Kollege wird sich sofort darum kümmern."

Die junge Dame bringt unsere Papiere in den Parteienraum, wo gerade Frühstückspause gehalten wird, und gibt uns einen Zettel, mit dem wir an der Kassa im Erdgeschoss zahlen können. Wir laufen hinunter und sind nach kurzer Zeit wieder zurück. Es sind noch keine zehn Minuten vergangen, seit wir das Gebäude betreten haben. Wir dürften kein Problem haben, unsere Beerdigung pünktlich zu erreichen. Die Sekretärin bittet uns, kurz Platz zu nehmen.

Eine Stunde später bekommen wir das Dokument ausgefertigt. Als wir zum Auto zurückkommen, liegt ein Strafzettel zwischen Scheibenwischer und Fenster eingeklemmt. Nach zwei weiteren Amtshäusern verlassen wir erst nach Mittag die Stadt. Die Zeit wird knapp. Stau auf der Autobahn. Wir nehmen eine Umfahrung. Während der Fahrt telefoniert der Jungbestatter mit einem Freund.

„Ich weiß nicht, wann es bei mir heute geht, da ist schon wieder eine Leiche gestorben."

Rasend zieht die Landschaft an mir vorbei.

Fünf Minuten vor der Trauerfeier kommen wir am Friedhof an. Eine junge Frau, kein Jahr älter als ich, hat sich im Garten ihrer Eltern erhängt.

„Die Blätter des Baumes sind noch in ihrem Haar gewesen, als wir sie eingesargt haben", erzählt mir der Sohn des Bestatters im Leichenwagen.

Schweigend lassen wir mit Stricken die Truhe ins Grab hinab. Die Mutter muss von ihrem Mann gehalten werden. Fassungslosigkeit und Verzweiflung lese ich in ihren Augen, als sie eine Handvoll Erde auf den Sarg ihrer Tochter fallen lässt. Die etwas jüngere Schwester ist an der Reihe und tritt ans Grab. In ihrer Mimik einen sich Trauer und Wut zu einem Gefühl von Rage. Sie schmettert eine Rose ins Loch und starrt für einige Sekunden hinab. Ihre Lippen vibrieren, wollen etwas ausschreien, bleiben aber stumm.

Der Ausdruck in ihrem Gesicht raubt mir den Atem. Irgendetwas nehme ich darin wahr, das mir bekannt vorkommt und mir die Kehle zuschnürt.

Dieses Gefühl!

Ich kenne es.

Auf dem Weg zurück ins Dorf, fährt der Bestatter noch kurz zu seinem Büro, um mir den Stapel an Parten zu geben, die ich zu den verschiedenen Läden bringen und den Rest im Ort verteilen soll, wie ich es immer mit meinem Vater gemacht habe.

Wir bleiben bei der Aufbahrungshalle stehen, entladen den Leichnam, den wir am Vormittag aus der Pathologie geholt haben, und schieben ihn in die Kühlanlage. Am Friedhof zeigt mir der

Bestatter das Grab, damit ich nicht das falsche Loch aushebe. Wenn ich Hilfe brauche, dann solle ich es ihm sagen. Ich winke ab und setze mich auf die Parkbank neben der Kirche.

Die eine Beerdigung schaffe ich noch – ein letztes Grab, als Abschluss.

Vielleicht ist es gar nicht so schlecht, um meinen Kopf von diesen Dingen zu lösen, loszulassen. Mein Vater soll nicht der letzte Tote gewesen sein.

Seit seiner Trauerfeier habe ich es geschafft, der Ruhestätte meiner Familie auszuweichen. Die Erde hat sich gesetzt. Wenige Zentimeter nur. Ich weiß, beim nächsten Regen wird sie absinken und den letzten Hohlraum des Sarges brechen, wenn er nicht bereits gebrochen ist. Mich überkommt dieses Gefühl von Klaustrophobie, zu dem ich meist schweißgebadet in der Nacht erwache, und lenke mich mit anderen Gedanken ab.

Bevor ich das Dorf verlassen und die Arbeit beim Bestattungsinstitut angenommen habe, kenne ich nichts anderes, als die wenigen Quadratmeter unseres Friedhofs. Ich blicke mich um. Jeder Winkel an diesem Ort ist mir bekannt und jedes Grab erzählt mir seine eigene Geschichte. Sie sind mein ganzer Kosmos, und ich sehe in der Hauptstadt erst, dass es so viel mehr zu entdecken gibt. Ich dringe in ganz neue Welten ein. Es braucht Zeit und Stille, um die Friedhöfe zu erkunden, ihren

Atem zu spüren und an ihrem natürlichen Rhythmus teilzunehmen, der einem alles offenbart.

Jeden Tag stürze ich mich in einen neuen Märchenwald und der erste Schritt ist immer gleich. Ich sitze auf einer Parkbank und mache nichts. Lasse die Trauerfeier über mich ergehen, halte die zwei Stunden ruhig und beobachte die Stille des Ortes. Ein Gefühl für die Ruhestätten, für die Bäume und für die Umgebung stellt sich ein. Während der Begleitung des Trauerzuges sehe ich nur noch Gräber in meinem Blick – ein Gräbermeer und Inseln, die es zu erobern gilt.

Jeder Friedhof zeigt sein eigenes Gesicht.

Nach dem Begräbnis bleibe ich noch lange unter einem Baum sitzen, esse meine Jause und besorge mir einen Lageplan, auf dem die Gräber der berühmten Persönlichkeiten aufgelistet sind: *Dichter*, *Schauspieler und Bildende Künstler*. Bei ihren Grabstätten notiere ich, was ich über sie weiß. Weiß ich über jemanden nichts oder nur wenig, gehe ich in die Bibliothek und recherchiere. Ich widme mich den Biographien und Werken der Toten, dringe in eine Welt ein, wo es kein Ende, sondern immer neue Anfänge gibt.

Ich pendle zwischen Bibliotheken und Friedhöfen hin und her.

Lese ich einen Namen auf dem Grab, gehe ich in die Bibliothek. Lese ich einen Namen in einem Buch, gehe ich zum Grab. Ich nehme die Geisteswissenschaft beim Wort, vertiefe mich völlig in mein Studium und vergesse alles um mich.

Immer mehr Namen sind es, und jeden Tag füge ich neue hinzu. Menschen, die ich begrabe, deren Geschichte noch nicht erzählt wurde und denen ich eine Stimme gebe, indem ich sie in mein Notizbuch schreibe. Ich tauche in eine Welt ein, in der sich im Tod alles miteinander verbinden lässt. Überall finde ich Zusammenhänge, die im Leben undurchdringlich scheinen.

Jeden Tag verlasse ich den Friedhof mit einem Lächeln und lebe nur noch in den Geschichten anderer. Ich kann nicht genug bekommen, denn jeder Tote ist mein Heil und meine Ruhestätte in dieser wilden See von Leben, in dem ich keinen Platz mehr finde.

Ein paar Tage werde ich noch warten und dann die Grabstätte meiner Familie richten. Es ist niemand mehr da, also werde ich sie mit einer Steinplatte versiegeln.

Vor Jahren hat mein Vater bereits seinen eigenen Namen mit den Geburtsdaten eingemeißelt und nur noch sein Todestag fehlt.

Ich höre ein leises Ticken in der Luft.

Wie viele Stunden habe ich auf die Hände meines Vaters gestarrt, wie sie Buchstabe für Buchstabe in den Stein schlugen. Hier am Friedhof ist der letzte Ort gewesen, an dem er noch seinen

Lehrberuf ausüben konnte. Es ist ein eigener Klang, dieses Schlagen auf den Granit. Ganz hell – wie ein Morsezeichen in eine andere Welt.

Tick.

Tick tick.

Tick tick.

Tick.

Am ganzen Körper bekomme ich Gänsehaut, wenn ich Vaters Hände beim Gravieren sehe und das Ticken höre. Nichts hat diese Arbeit mit dem grobschlächtigen Graben zu tun, sondern es braucht Fingerspitzengefühl und Konzentration.

Jeder Schlag muss überlegt sein.

„Der Stein verzeiht nichts“, sagt mein Vater.

Ich weiß, er ist fertig, wenn er mit Blattgold über die Lettern streicht und ihnen den letzten Glanz verleiht.

Name für Name für Name schlägt er in den Stein.

Ich höre sein leises Ticken in der Luft.

Neben mir liegt der Stapel an Partezetteln. Ich studiere die Lebensdaten des Mannes, den wir heute aus der Pathologie geholt haben. Ein bekannter Nachname im Dorf, in dem es zwei, drei große Familienstämme gibt und jeder mit jedem verwandt zu sein scheint. Er ist nicht alt geworden. Mitte vierzig. An der Leiche selbst hätte ich es nicht abschätzen können und auch das Bild entspricht nicht meinen Eindrücken.

Plötzlich und unerwartet aus unserem Leben gerissen, lese ich. Krebs oder andere Langzeitkrankheiten werden anders formuliert. Es muss ein Unfall gewesen sein oder ein Infarkt, Hirnschlag, et cetera. Jedenfalls habe ich keine äußeren Anzeichen gesehen, die auf eine mögliche Todesart hingewiesen hätten.

Ich blicke hoch zum Kirchenturm. Es ist noch Zeit, bevor die Sonne untergeht, also kann ich die Parten gleich austragen und mich morgen nur auf das Graben konzentrieren.

Als Erstes öffne ich das Schaufenster beim Friedhofseingang, befestige eine Parte und gehe zurück zum Haus. Aus dem Schupfen hole ich Vaters Fahrrad und pumpe Luft nach. Die Parten lege ich in einen Korb, der am Lenkrad montiert ist. Ich beginne mit der üblichen Route, an die ich mich noch vage erinnern kann. Es sind nicht genug für das ganze Dorf, also muss ich eine gezielte Auswahl treffen.

Ich fahre an verlassenen Häusern im Ortskern vorbei. Aus den Briefschlitzen im Holztor hängen vergilbte und vom Regen aufgeschwemmte Prospekte. Mit den Jahren sind die Postkastenleichen drastisch gestiegen.

„Da wohnt keiner mehr“, höre ich meinen Vater, wenn ich die Parte in einen Schlitz stecken will, „die sind rausgestorben.“ Einen nach dem anderen haben wir begraben und die Kinder sowie

Kindeskinder sind in eigene Häuser am Dorfrand gezogen.

Mein Vater und ich sind ein eingespieltes Team. Ohne ein Wort zu sagen, fährt er auf der rechten und ich auf der linken Seite der Straße: stets den gleichen Weg, stets im gleichen Rhythmus, egal, bei welcher Wetterlage.

Ich fahre von Haus zu Haus. Die Wege sind wieder so klar vor mir wie damals. Handle mechanisch – ohne nachzudenken. Alte Frauen und Männer blicken aus ihren Fenstern und warten, um in ihren dauernd gleichen Betroffenheitsdialog zu fallen. Eine ältere Dame empfängt mich bereits vor ihrer Einfahrt. Sie legt ihre Hand auf meine, beugt sich leicht zu meinem Ohr und erzählt mir von dem Mann, den ich begraben werde, während sie sich immer wieder umblickt, als würde sie sich beobachtet fühlen:

„Es ist ja vor allem schrecklich für die Kinder! Nicht? Warum er auch immer so gefährliche Sachen machen muss. Na, zahlt sich das aus? Ertrinkt der beim Tauchen und lässt seine Familie im Stich. Was soll denn die arme Frau jetzt machen? Er hat sich gerade erst in so große Schulden gestürzt für seine Firma."

Ich fahre zum kleinen Laden, zur Gemeinde, dem Blumengeschäft in der Nähe des Friedhofs und verteile die restlichen Parten im oberen Teil des Dorfes. Ein alter Löschteich liegt dort. Einer meiner liebsten Orte in meiner Kindheit.

Niemand ist hier.

Ich lege das Rad in die Wiese. Die Abendsonne reflektiert an der Oberfläche. Auf der anderen Seite sehe ich ein kurzes Blitzen. Es blendet mich für einen Moment. Dort liegt etwas im Wasser. Ich gehe langsam um den Teich herum, ohne meine Augen von dem Gegenstand zu lassen. Er ist nah genug, damit ich ihn mit der Hand erreiche, und ziehe daran.

Ein altes Kinderrad!

Die Reifen sind wie die Pedale und die Griffe knallrot, und der Rahmen weiß.

Ich liebe mein Rad über alles. Es ist das erste Geschenk meines Vaters, an das ich mich erinnern kann. Er montiert keine Stützräder daran, setzt mich auf den Sattel und sagt:

„Fahr!"

Ich stürze.

Immer wieder setzt Vater mich aufs Rad, aber ich schaffe es einfach nicht. Sobald er den Sattel loslässt und mich meinem eigenen Gleichgewicht überlässt, kippe ich auf die Seite. Ich lerne langsam und weine viel. Erst, als er seine Geduld verliert und sich wieder der Arbeit widmet, beginne ich zu fahren. Einen Meter, zwei, immer weiter schaffe ich es, ohne hinzufallen. Ich konzentriere mich jetzt nur noch auf diese einfache Bewegung und nicht, was sie für mich bedeuten könnte.

Mein Rad und ich werden unzertrennlich. Überall fahre ich damit herum und erkunde jede Ecke der Ortschaft.

Aber ich bin nicht allein! Da ist noch jemand.

Mein bester Freund tritt im selben Moment in mein Leben wie das Rad. Es bricht das Eis zwischen uns, während ich vor dem Friedhof auf meinen Vater warte. Er hat das gleiche Modell wie ich, nur in anderen Farben.

Wir sind unzertrennlich von dem Moment an. Jeden Tag verbringen wir gemeinsam und stürzen uns von Abenteuer zu Abenteuer. Wie ein Bruder ist er für mich, und ich begleite meinen Vater immer seltener zum Friedhof.

Ich bin nicht mehr allein!

Nachdem ich die Parten ausgetragen habe, bis auf zwei, drei, die ich als Reserve brauche, kehre ich zum Abschluss im Wirtshaus ein. Vielleicht treffe ich die junge Frau hier? Irgendwo muss sie sein, und so viele Möglichkeiten gibt es in der Ortschaft nicht. Der Heurige hat bereits geschlossen und der Nächste öffnet erst in ein paar Tagen.

Die Kellnerin nickt mir zu. An der Theke bestelle ich die Tagesspezialität. Während ich eine Parte an die Pinnwand beim Eingang hefte, fallen einige flapsige Kommentare von einer kartenspielenden

Altherrenrunde, die wie verwurzelt an ihrem Stammtisch sitzt:

„Da rennt der Rubel!"

Und in die Lacher hinein ein anderer:

„Das ist ein todsicheres Geschäft, nicht?"

Mein Vater hätte wohl etwas darauf gesagt. Je nach Stimmungslage einen Witz gemacht oder ihnen seine Wahrheit unverblümt ins Gesicht geschmettert und sie als arbeitsscheues Pack beschimpft, die sich vor ihrem Leben im Wirtshaus verstecken.

Ich lache verlegen und setze mich an einen leeren Tisch.

Die Kellnerin serviert mir die gegrillte Forelle. Feinsäuberlich schneide ich an der oberen Hälfte entlang, klappe sie auf und ziehe von der Flosse aus das Skelett vom weißen Fleisch. Mit einem Stück Zitrone beträufle ich es ein wenig und esse Stück um Stück mit Bedacht und Genuss. Wie ich es liebe ist es ein Fisch, der nicht nach Fisch schmeckt.

Drei Männer treten in ihrem Arbeitsgewand durch die Tür. Es sind Gemeindearbeiter, die jeden Feierabend im Dorfwirtshaus verbringen und trinken. Beim dritten Bier beschweren sie sich, dass sie morgen wieder ein Grab ausheben müssten und wie furchtbar anstrengend und kräfteraubend diese Arbeit sei. Mein Vater trinkt nichts, sitzt am Nebentisch und setzt im überheblichen Ton zur Scheltrede an, die ihre Faulheit und Trägheit betrifft. Er sagt, dass sie sich nicht so anstellen sollen, wenn sie einmal etwas arbeiten müssten. Seit sie am Bauhof angestellt sind, seien sie zu nichts mehr zu gebrauchen.

Das übliche Geplänkel zwischen Bauern und Gemeindebediensteten beginnt, das sich immer weiter hochschaukelt. Mein Vater redet groß, und sie springen darauf an. Sonst sehen sie es als Scherz, aber diesmal nehmen sie ihn beim Wort. Am nächsten Tag soll er am Friedhof antreten und für sie das Grab ausheben. Natürlich kann er jetzt nicht mehr absagen, ohne seinen Stolz zu verlieren, also gräbt er und wird von heute auf morgen zum Totengräber des Dorfes.

Weder Schicksal noch irgendwelche Fügungen haben mir eine Kindheit am Friedhof beschert. Es ist ein überhebliches Wort zur falschen Zeit gewesen.

Mehr nicht.

Das Rad stelle ich zurück in die Werkstatt und öffne den Arbeitsschrank. Ich ziehe die letzte Mappe heraus und hefte den Partezettel ein. Nur bei seinen Todesfällen hat mein Vater penibel Buch geführt und am rechten oberen Rand der Parte die Tiefe notiert sowie bei einem Doppelgrab die Seite, in der er den Sarg beigesetzt hat.

„Die Frauen links, die Männer rechts“, wiederholt Vater ständig. Ein Gesetz, das er nie gebrochen hat.

Die Parte meines Vaters fehlt. Ich nehme einen Zettel, falte ihn in der Mitte und schreibe seinen Namen darauf sowie die Tiefe. Vielleicht braucht der Bestatter für später diese Aufzeichnungen, die sonst nirgends notiert sind.

Mit dem Ordner setze ich mich vor die Werkstatt und blättere ihn durch. Nachdem ich fertig bin, hole ich den Nächsten und den Nächsten. So viele Namen. Bei manchen glaube ich, mich erinnern zu können, aber solange ich kein Bild von den Menschen sehe, bleiben sie leere Worte für mich.

Da sehe ich meinen Großvater, und einige Mappen später finde ich meine Großmutter. In der Nächsten, ich weiß es, muss meine Mutter liegen. Ich ziehe den allerersten Ordner heraus – mit allen Todesfällen unmittelbar nach meiner Geburt. Immer wieder blättere ich die Seiten durch, aber finde sie nicht.

Wo liegt sie?

Auch wenn der Name meiner Mutter nicht auf unserem Grabstein steht, bin ich mir sicher gewesen, dass sie hier begraben sein muss. Mein Vater hat es einfach nicht geschafft und konnte sich nicht dazu überwinden, ihren Namen einzugravieren, wie ich stets gedacht habe.

Morgen.

Das Grab liegt an der Friedhofsmauer, über die große Bäume ragen und mir Schatten spenden. Das Begräbnis findet erst am nächsten Tag statt, aber man weiß nie was kommt.

„Was gemacht ist, ist gemacht!", wie Vater ständig seinen tautologischen Grundsatz formulierte.

Nachdem die Kiste steht, beginne ich mit den ersten Stichen. Die Erde ist locker. Vater dürfte erst vor relativ kurzer Zeit hier gegraben haben. Meine Vermutung bestätigt sich, als ich zum Grabstein blicke. Keine zehn Jahre ist es her, dass hier der Vater des Verstorbenen beerdigt wurde. Die Erde ist hell wie Sand und an manchen Stellen rostrot, durch den hohen Eisengehalt im Boden. Wurzeln ragen schon früh ins Loch, aber sie hindern meine Stiche nicht. Es ist deutlich zu erkennen, wo Vater gegraben hat. Ich muss nicht einmal den Spaten benützen, um die Wände abzustechen.

Fast spielerisch gewinne ich Stich um Stich an Tiefe.

Auf halbem Weg sehe ich einen kleinen Jungen neben dem Grab stehen. Er sieht der Schaufel nach und sagt nichts. Sein Blick ist auf meine Bewegungen fixiert. Meist gehen die Kinder nach wenigen Stichen wieder. Sie haben keine Geduld und ziehen enttäuscht ab, weil sie sich so viel mehr erwartet haben. Aber er bleibt, steht stoisch da und sieht mir weiter zu. Ich drehe mich weg von ihm, spüre seine Augen auf mir, ohne mich beobachtet zu fühlen.

Um ihn abzulenken, als ich auf die ersten Knochen stoße, schicke ich ihn zur Totengräberkammer und bitte ihn darum, mir die Scheibtruhe zu holen. Bevor er zurückkommt, lege ich den Totenkopf ganz nach vorne zur Kiste und decke ihn mit Erde zu. Der Junge stellt die Truhe vor das Grab und ich fülle sie bis zur Hälfte an. Eine Wurzel landet ganz oben und er dreht sich erschrocken weg.

„Du musst keine Angst haben“, sage ich, und wenn er wolle, könne er jetzt mit der Erde zum Mistplatz fahren. Ein, zwei Mal wiederholen wir das Spiel, und sobald er sieht, dass nichts Schlimmes passiert, wirkt er gelöster, auch wenn er noch immer kein Wort sagt.

Nach einiger Zeit kommt seine Mutter zum Grab. Sie grüßt mich, als ob sie mich kennen würde, und sagt zu ihrem Sohn, dass es an der Zeit wäre. Er will nicht gehen und weint. Seine Mutter packt ihn jetzt etwas fester am Arm und führt ihn durch die Gräber zum Ausgang. Unterdessen ich mich umdrehe und an der Kopfseite ins Grab steche, realisiere ich, dass es vermutlich die Witwe und das Kind des Verstorbenen waren.

Ich habe vergessen, ihnen mein Beileid auszudrücken.

Stich für Stich grabe ich weiter, bis sich plötzlich eine Höhle auftut, in die das Blatt der Schaufel hineinrutscht. Rundherum sinkt die feine Erde ab. Im selben Moment, in dem ich am Stock ziehe, um mein Werkzeug zu befreien, breche ich mit dem rechten Fuß ein. Die Erde ist zu leicht gewesen, um den Hohlraum des Sarges ganz einzudrücken, und so stehe ich jetzt mit einem Fuß bis unter das Knie in der Truhe. Ich sehe nicht viel und müsste doch irgendwas unter meinen Füßen spüren, aber da ist nichts, wie es scheint.

Ich ziehe meinen Fuß aus dem Sarg und mache das Loch etwas größer. Außer einiger schwarzer Fetzen kann ich nichts erkennen. Stehe noch nicht einmal auf Bauchhöhe im Grab und muss weiter an Tiefe gewinnen, also schlage ich mit dem Krampen den gesamten Deckel weg.

Stück um Stück werfe ich hinaus.

Der Inhalt der Truhe liegt jetzt vor mir.

Es ist unmöglich!

Als hätte nie ein Mensch darin gelegen. Die Wurzeln der Bäume haben fast alles in diesen wenigen Jahren aufgesaugt und sich einverleibt.

Ich werfe die synthetischen Strümpfe und Kleider hinaus, die noch ein paar Knochen zusammengehalten haben.

Nachdem die letzten Teile des Weichholzsarges aus dem Grab gehoben sind, habe ich meine Tiefe erreicht. Ich bin noch nicht müde und denke, dass ich noch einen Stich machen könnte. Etwas tiefer nur, dann gibt es beim nächsten Mal keine Probleme mehr. Ich steche hinab und plötzlich stoße ich auf Grundwasser.

Deshalb hat mein Vater nicht weitergegraben!

Ich lasse es bleiben und steige aus dem Grab.

Zurück im Haus brate ich mir ein paar Eier ab und esse sie ohne Brot. Ich habe vergessen welches zu kaufen und bin zu träge, um nochmals hoch zum Laden zu fahren. Wolken ziehen auf und legen den Garten in eine bedrohliche Stimmung.

Ein, vielleicht zwei Stunden schlafe ich so tief und fest, als wäre ich völlig der Welt enthoben und würde über die Träume hinaus im Nichts wandeln. Es braucht einige Minuten, nachdem ich die Augen geöffnet habe, um mein volles Bewusstsein wieder zu erlangen. Erst nach und nach bekommt mein Blick seine Klarheit zurück.

Im Fenster betrachte ich die dichte Wolkendecke, durch die sich die Sonne kämpfen will. Dort mein Geist und hier mein Körper, vielleicht habe ich noch nie deutlicher die Trennung gespürt, diese *Wunde* eines Zwischenwesens im Erwachen.

Jetzt, wo ich das Rad wieder aktiviert habe, drehe ich eine größere Runde. Ich fahre aus dem Dorf, die alten Feldwege entlang und gelange in den Wald. Erst bei der Anhöhe stoppe ich und setze mich inmitten einer größeren Lichtung ins Gras: rund um mich dichtverwachsene Baumreihen und vor mir der blankliegende Steinbruch, wo zwischen den verschiedensten Grautönen immer wieder ein Funken Blau durchglänzt. Ich blicke zu den zwei Höhlen dort oben, die damals unsere liebsten Verstecke gewesen sind.

Jeden Tag fahre ich mit meinem besten Freund diese Wege ab. Wir beschlagnahmen alles und deklarieren es als unser Reich, das wir abwechselnd führen dürfen. Einmal sind wir Spione auf großer Mission, das andere Mal Schatzsuchende und Grabräuber, die ihre Beute in den Höhlen bunkern, wo wir manchmal vergrabene Knochen finden, die irgendwelche Tiere wohl angeschleppt haben. Überall im Wald entdecken wir verrostete Relikte aus Kriegszeiten und gehen vor den Soldaten in Deckung, die in dem Militärgebiet ihre Übungen absolvieren. Bis kurz vor Sonnenuntergang liegen wir im Gras auf der Lauer oder klettern im Steinbruch ganz nach oben, um über die Baumwipfel zu sehen. Wir schreien so laut wir können in die Weite, wo niemand uns hört.

Es ist nicht weit von hier!

Ich habe mir geschworen nicht mehr zurückzufahren, aber kann nicht widerstehen. Nach einigen hundert Metern Fahrt gelange ich zu einem fast völlig verwachsenen Friedhof. Es herrscht eine fremde Stille hier, und ich sehe hinüber zu dem Ort, wo ich aufgewachsen bin.

Will ich in den Wald, dann muss ich unsere Ackerfelder und den alten Friedhof überqueren, den ich als Kind überhaupt nicht als solchen erkenne. Er sieht so völlig anders aus als unserer im Dorf. Schon lange ist an diesem Ort nichts mehr geschehen. Seit dem Ende des letzten, großen Krieges wird hier niemand mehr begraben und kaum jemand kommt, um die Toten zu besuchen.

Der Friedhof ist nicht größer als ein Fußballfeld und von einer kniehohen Steinmauer umfasst. Von der Straße aus führt eine Allee von Akazienbäumen vor das steinerne Eingangstor, auf dem groß und in tiefer Gravur das schwarz bemalte Wort *LAGERFRIEDHOF* steht. Das Wort ergibt für mich als Kind nie einen Sinn. Was ist ein Lager? Ein Lagerfriedhof? Kenne das Wort Lager nur vom Ausdruck „Radlager", also etwas, was sich leicht drehen lässt, und wenn es quietscht, wird es geschmiert, damit das Lager nicht kaputt wird. Was soll da ein Lagerfriedhof sein? Ein Schrottplatz für verrostete Maschinen, die sich nicht mehr schmieren lassen?

Ich liege oft auf der Steinmauer der Gedenkstätte und blicke in den Himmel. Die Sonne scheint auf mein Gesicht und ich sehe den Wolken dabei zu, wie sie an mir vorbeiziehen. Ich versuche zu deuten, was ich in ihnen sehe, aber versinke meist in meine eigene Gedankenwelt. Mit nichts verbringe ich lieber meine Zeit, als mit meinen Träumen, die von allem handeln, was noch vor mir liegt und wohl noch kommen wird. Im Nachbarfriedhof habe ich meinen Platz und Rückzugsort gefunden, wo niemand mich stört und ich meine Fantasie in jede Richtung treiben kann, wie der Wind gerade weht. Ich liege auf der Mauer und denke nach, träume und atme tief ein.

Wende ich meinen Blick vom Himmel zum Friedhof, sehe ich die wildwachsende Wiese, die übersät von Maulwurfshügeln ist, als Spiegelbild der Sterne am Tage, wie es mir manchmal scheint. Graue Steine in Form eines breiten Kreuzes stehen in schier willkürlicher Anordnung da. Neben ihnen größere Grabsteine, die keine Namen von Menschen, sondern von Ländern tragen. Ein mit Steinen gepflasterter Weg führt zu einem großen schwarzen Kreuz, an dem sich der Weg nach links und rechts aufteilt und bis nach hinten reicht, wo ein Obelisk als Mahnmal steht. Ringsherum wächst der dichte Wald, der immer weiter in den Friedhof vordringt.

Was bleibt, wenn selbst die Gedenkstätten verschwinden?

Eines Tages machen Bundesheerrekruten eine Übung im Wald. Mit meinem besten Freund gehe ich zu ihnen. Sie haben ihre Gewehre vor der Brust und beziehen Stellung hinter den Grabsteinen. Sobald sie die Übung unterbrechen, fragen wir verlegen, ob wir auch einmal schießen dürfen. Sie lassen sich erweichen und geben mir ein Sturmgewehr in die Hand. Ich stütze mich mit den Ellbogen auf einen namenlosen Grabstein, sehe durch den Sucher und nehme die Spitze vom Obelisken ins Fadenkreuz. Ich drücke ab und eine blaue Platzpatrone fällt aus dem Gehäuse. Der Rückstoß wirft mir fast das Gewehr aus der Hand und schlägt mir auf die Schulter, wo sich langsam ein Bluterguss bildet. Mein Kamerad stellt sich geschickter an, als er an der Reihe ist. Er hält das Gewehr fester und schießt mehrmals im Dauerfeuer. Mit einem Grinsen gehen wir vom Soldatenfriedhof zurück zum Bauernhof.

Haben zum ersten Mal nicht nur mit den Stöcken über die Gräber geschossen und Krieg gespielt, sondern haben eine richtige Waffe in der Hand gehabt. Wir sind noch Wochen danach berauscht von dem Erlebnis und können es nicht erwarten, selbst einmal in Uniform dazustehen. Für uns scheint der Krieg das größtmögliche Abenteuer zu sein!

Zehntausend!

Lese ich auf einer Gedenktafel.

Zehntausend!

Soldaten aus aller Welt liegen hier.

Zehntausend!

Menschen, die für einen Krieg geopfert wurden.

Zehntausend!

Diese Zahl ist mir unvorstellbar.

Zehntausend!

Leichen, über denen ich aufgewachsen bin.

Zehntausend!

Tote Seelen, die in meiner Brust zurück ins Leben schreien.

Ich liege auf der Mauer des Lagerfriedhofs. Es ist ein völlig anderes Bild jetzt. Unser Bauernhof ist nur noch ein Trümmerhaufen. Die Allee der Akazien ist gefällt worden. Alles ist so fremd, als hätte es meine Kindheit hier nie gegeben und sie wäre nur eine trügerische Erinnerung.

Mit dem Blick in den Himmel gerichtet, atme ich tief ein. Die Wolken ziehen vorbei.

„Ich wusste, dass ich dich hier finde“, höre ich die zarte Stimme der jungen Frau im Rauschen des Windes.

Sie setzt sich neben mich. Hebt meinen Kopf auf ihren Schoß und streicht mit ihrer Hand die Haare aus meinem Gesicht.

„Wer bist du?“, frage ich sie direkt.

Bin der Spiele, bin allem müde.

„Kannst du dich wirklich nicht erinnern?“

Ihre Augen sind erwartungsvoll.

Ich schüttle den Kopf.

Langsam beugt sie sich zu mir herunter und flüstert in mein Ohr.

Ihr Name!

Ein Wort und tausend Bilder in mir.

Wie kann ein Name solche Sprengkraft haben?

Sie.

Sie ist es!

Wie konnte ich den ersten Menschen nicht erkennen, der mich je berührt hat?

Ich bin im Haus meines besten Freundes und übernachte dort, wie so viele Male. Möchte nicht mehr zurück zum Hof, in diese Einsamkeit hinaus.

Während mein Freund im unteren Geschoss mit einem Spiel beschäftigt ist, gehe ich hinauf in das Zimmer seiner kleinen Schwester, die nur ein Jahr jünger ist als wir. Ich krieche unter ihr Bett, damit ich sie erschrecken kann. Wir spielen uns Streiche und necken uns immer mehr in dieser Zeit.

In fast völliger Finsternis warte ich, dass sie endlich zur Tür hereinkommt, und da berührt mich plötzlich etwas am Arm. Ich schrecke hoch und schlage mir den Kopf an.

Sie lacht!

Ich kann nur ihre dunklen Augen und Haare sehen, die zur Hälfte ihr Gesicht bedecken. Alles andere ist in Schatten getaucht.

Knisternde Stille.

Langsam beginnen wir uns unter dem Bett auszuziehen. Schicht für Schicht, jeder für sich, als wäre es das Natürlichste auf der Welt. Es passiert einfach, wie wenn man einen Stein umdreht, um die Insekten darunter zu beobachten. Mit unsren Augen bleiben wir in den jeweilig anderen.

Mein Herz klopft immer schneller. Ein Schauer fährt über meinen Rücken, der selbst die kleinsten Härchen aufstellt und meinen Körper in eine Wachheit legt, die jeden Atemzug, jede winzige Veränderung aufnimmt. Ich fühle plötzlich alles an mir, von den Haar- bis zu den Zehenspitzen.

Mit ihrer Hand gleitet sie nach vorne. Ich folge ihren Bewegungen wie ein Spiegel. Auf halbem Weg berühren sich unsere Hände, fahren aneinander vorbei und ich streiche über ihren Hals, während sie meinen erreicht. Wir beginnen dort, wo unsere Augen nicht mehr sehen können, uns selbst im anderen zu spüren.

An meinen Fingerspitzen ihre zarte Haut, die nach Balsam duftet. Ich lasse meine Hand hinabgleiten, während sie über meine Brust streift. Ihr Körper vibriert, als würde jeder einzelne ihrer Muskeln gleichzeitig auf meine Berührungen reagieren, und auch ich zittere.

Weiter zu ihrem Bauchnabel, ihren Hüften, ich kenne diese Bereiche von mir, aber darunter beginnt eine neue Welt. Wir spiegeln uns jetzt nicht mehr. Wir verlassen unseren gemeinsamen Weg und entdecken für uns selbst den anderen – *das Fremde an uns.*

Ich umkreise ihre Schenkel und lasse meine Hand in ihren Schoß und zwischen ihre Beine fallen.

Was passiert mit mir?

Blitze, die jede Finsternis in mir erhellen, als ob ich für einen Augenblick alles sehen und fühlen könnte, was mir bisher verborgen blieb, bis …

Ein Schrei.

Die Stimme ihrer Mutter, die ihren Namen ruft. Wir werden aus der Welt, aus unserer Höhle, aus einem Moment der Trance gerissen. Zum ersten Mal habe ich meinen Körper durch ihre Hände in der Dunkelheit gespürt. Ich weiß jetzt, dass da noch etwas anderes in mir ist, und fühle meine Grenzen über mich hinaus in einen andren Körper gleiten.

Im Licht, das uns trennt, werden wir wieder zu zwei Fremden.

Der erste Regentropfen trifft mich auf der Nasenspitze. Sie legt meinen Kopf von ihrem Schoß und läuft los.

Ich folge ihr durch den Wald, vorbei an den Ruinen des alten Wirtshauses, wo wir uns als Kinder stets vorgestellt haben, dass wir zu einem großen Fest geladen sind – *und tanzen ohne Musik.*

Sie springt mit einem Satz über den kleinen Bach, in dem wir nach jedem Regen Dämme gebaut haben, bis wir unser eigenes Sumpfgebiet schufen.

Und wir kämpfen uns weiter durch das Dickicht des Waldes, hoch zur grauen Gloriette, deren acht Säulen in den Himmel ragen und eine Kuppel tragen.

Kurz vor Kriegsende ist sie als Geschenk zum Sieg für den letzten Kaiser errichtet, aber nie fertiggestellt worden. Sie ist unser geheimer Treffpunkt, den sonst niemand mehr kennt, und wir fühlen uns an diesem Ort von Allem beschützt. Nichts anderes als wir – aus der Zeit und aus der Welt gefallen.

Der Regen wird immer stärker und wir suchen Unterschlupf im Inneren des offenen Rundtempels. Sie geht von Säule zu Säule, streicht mit ihren Fingerspitzen über die Einkerbungen, die die Witterung der letzten Jahrzehnte im Stein hinterlassen hat. Nachdem sie ihre Runde abschließt, setzt sie sich vor der letzten Säule auf den Boden und lehnt ihren Rücken daran. Ich nehme ihr gegenüber Platz, obwohl ich nichts anderes will, als ihr nah zu sein.

„Ich dachte, du würdest dich erinnern. Du hast dir doch damals alles gemerkt, jede Kleinigkeit wahrgenommen und wie ein Schwamm die Welt um dich aufgesaugt. Es war manchmal unerträglich, wie lange du für eine kurze Strecke gebraucht hast. Jedes Detail wolltest du sehen und hat dich gefangen genommen. Es ist so nervend gewesen, aber was ich am meisten an dir …"

Sie unterbricht sich, blickt über mich hinweg in den Wald hinein und sieht dem Regen zu, der langsam von den Blättern der Bäume fällt.

„Ich weiß es nicht. Vielleicht …"

„Sag es!"

„Vielleicht wollte ich einfach alles vergessen."

Ihr Gesicht ist wie versteinert.

„So viele Jahre und kein Wort von dir, nichts!"

„Ich wusste nicht – wie."

Sie lacht zynisch.

„Weglaufen und schweigen – ist dir wirklich nichts Besseres eingefallen?"

„Du verstehst nicht."

„Was verstehe ich nicht?"

„Ich, ich … Ich weiß es doch selbst nicht", stottere ich.

Ihr Blick schweift hoch zur Kuppel und verharrt bei den großen Rissen dort.

„Als Kinder haben wir uns über diesen Ort lustig gemacht, diese große Lüge der Geschichte, als Denkmal der Überheblichkeit und Dekadenz! Aber du bist um nichts besser. Es ist ein Tempel, wie für dich gemacht. Du hast ihm deine Wahrheit geopfert und dich im Vergessen eingerichtet."

Ihre Worte sind kryptisch. Versuche irgendwo einen Zusammenhang in meiner Geschichte zu finden, aber da ist nichts.

Was weiß sie, was mir noch immer verborgen ist?

Sie steht auf und geht wütend auf und ab. Mit einem abgebrochenen Ast, der in der Mitte der Gloriette liegt, drischt sie so fest und so oft sie kann gegen eine Säule.

„Manchmal könnte ich dich erschlagen. All die Zeit und jetzt, jetzt…"

„Was?", frage ich zögerlich und verwundert über ihre Wut.

„Jetzt – ist es zu spät!"

Sie weint, dreht sich weg und tritt aus dem Tempel in den warmen Regen. Ich halte sie zurück, will sie umarmen, aber sie wehrt sich und schlägt mit ihren geballten Fäusten auf meine Brust. Immer und immer wieder treffen mich ihre Schläge, bis die Anspannung von ihr abfällt und sie ihren Kopf an meine Schulter legt.

Ihr Körper zittert, als ich meine Arme um sie lege.

Vormittag.

Ich sitze mit meinem Kaffee vor dem Haus und sehe der Sonne im Wandel zu. Minuten, Stunden, ich weiß es nicht.

Ausgedehnte Leere ins Nichts.

Es ist Zeit zu gehen. Ich ziehe mich um und marschiere zum Friedhof. Muss heute etwas früher zur Aufbahrungshalle, denn die Witwe und die Kinder wollen den Verstorbenen noch ein letztes Mal sehen. Der Bestatter wartet bereits mit ihnen vorm Eingang und bespricht mit der Frau die letzten Details für das Begräbnis. Ich begrüße sie und drücke der Witwe, die ich beim Graben kaum registriert habe, mein Beileid aus. Sie ist noch keine vierzig Jahre alt – blond, hübsch, schlank und in einem schwarzen Kleid, das bis über ihre Knie reicht. Die kleine Tochter umklammert das Bein der Mutter und der Junge steht stoisch an ihrer Seite. Er wirkt noch etwas ruhiger und in sich gekehrter als gestern.

Der Bestatter und ich holen den Sarg aus der Kühlanlage und stellen ihn in der Mitte des Raumes auf den Boden. Bevor wir den Deckel öffnen, redet die Mutter noch einmal mit ihren Kindern. Sie hat sie während der letzten Tage auf diesen Moment vorbereitet und sie neugierig gemacht. Auf ihr Zeichen lösen wir die Schrauben und legen den Deckel auf die Seite. Die Mutter sagt den Kindern, dass sie keine Angst haben müssen.

Ich beobachte den Jungen, während er seinen toten Vater zum ersten Mal sieht. Flüchtig blickt er zu ihm, aber dreht sich gleich wieder weg. Er erkennt ihn, aber es ist so, als würden ihm die Augen eine Information übermitteln, die er nirgends zuordnen kann. Sein Gesicht bleibt ausdruckslos. Seine kleine Schwester ist neugieriger und traut sich sogar die Truhe anzugreifen. Ihre Mutter muss sie etwas zurückhalten, damit sie nicht hineinklettert.

Die Augenlider des Vaters sind geschlossen. Der Kopf ist zentral nach oben gerichtet und die Hände sind auf seinem Bauch gefaltet. Der Geruch ist annehmbar. Die Mutter holt die Kinder zu sich und redet mit ihnen. Sie fragt sie, was sie sich vorstellen, was jetzt passieren wird, wo ihr Papa hinkommt? Das Mädchen schreit aus, fröhlich darüber, etwas sagen zu dürfen, worauf sie die Antwort kennt, und spricht in einfachen Worten und voller Überzeugung über Himmel und Engel.

Der Junge schweigt.

Die Mutter fragt, was sie jetzt gerne tun würden. Die Kinder antworten nicht, und so bittet sie mich, den Sargdeckel zu ihnen zu bringen und auf den Rücken zu legen. Sie holt aus ihrem Rucksack Stifte und Malfarben und fordert die Kinder auf, die Innenseite am Kopfende zu bemalen:

„Was soll der Papa immer sehen können?"

Auf Anleitung, weil von den Kindern nichts kommt, werden ein Sonnenuntergang und Wolken gemalt. Es werden Namen hineingeschrieben und Tiere gezeichnet. Ein Auto. Ein Fußball. Fische. Alles, womit sie den Papa assoziieren.

Anschließend sollen die Kinder einen Brief verfassen, den sie entweder gemeinsam oder für sich alleine schreiben können. Die Mutter entwirft mit dem Mädchen die ersten Worte:

„Lieber Papa, ich liebe Dich. Die Engel sollen Dich …"

Sobald sie fertig sind, stecken sie den Brief des Mädchens in ein Kuvert und legen ihn auf die Brust des Vaters. Der Junge will sein Blatt nicht herzeigen. Es ist leer, wie ich aus dem Augenwinkel sehe, aber er verbirgt es vor seiner Mutter, die gerade in ihrem Rucksack wühlt und zwei Stofftiere herauszieht sowie einige Fotos.

Gemeinsam legen sie die Grabbeigaben in die Truhe.

Sie sprechen jetzt nicht mehr viel. Das Mädchen verlässt den Saal, wie es gekommen ist. Der Junge ist noch etwas stiller als vorher. Er wirkt nicht verstört von dem Anblick, von der ganzen Situation, aber nachdenklicher. Nur zwei Jahre trennen die Kinder, aber es sind Welten in diesem Alter, wenn es um den Tod geht.

Unterdessen der Bestatter und ich den Sarg zurück auf den Bahrwagen legen und den Deckel wieder schließen wollen, steht der Junge neben mir. Er bittet mich, ihn hochzuheben.

Gemeinsam blicken wir zu seinem Vater. Aus seiner Tasche holt er einen Umschlag, den er wohl schon zu Hause vorbereitet hat, und legt ihn zu den anderen Dingen. Er weint nicht und ich werde von einer tiefen Traurigkeit befallen.

Es wird jetzt ein anderes Leben für ihn sein, wie ich weiß.

Ich gehe zum Grab, lege die Pfosten auf die Seite, platziere die Stricke und stelle die Erde zum Nachwurf bereit. Der Regen gestern hat den Boden mit einer zarten Wasserschicht bedeckt.

Trompetengeheule in der Weite.

Der Trauermarsch zum Friedhof beginnt. Starr sehen die Kinder und die Mutter dem Sarg nach, als er hinabgesetzt wird.

Der Pfarrer spricht die letzten Worte. Ich gebe der Witwe die kleine Schaufel Erde in die Hand, die sie mit einer kaum merklichen Bewegung ins Grab rieseln lässt. Ihre Hände zittern unaufhörlich. Erst jetzt scheint sie für sich die Situation zu realisieren, und kann ihren Schmerz nicht mehr zurückhalten. Mein Blick verharrt in ihrem Gesicht, den sich verändernden Zügen, als würde eine Maske von ihr abfallen, hinter der ihre Seele sichtbar wird.

Welch ehrliches, welch reines Gesicht!

Nie wird sie schöner für mich sein, als in diesem Moment völliger Wahrhaftigkeit.

Nachdem ich ihr die Schaufel wieder abnehme, hält sie meine Hand fest und kommt ganz nah an mich heran. Aus ihrer Tasche zieht sie eine weiße Pille und flüstert in mein Ohr:

„Könnten Sie ihm die bitte geben? Er hat so furchtbare Platzangst.“

Ich nicke und stecke sie in meine Tasche.

Während ich die Erde zurück ins Loch kippe, kann ich nur noch an die kleine Schwester meines besten Freundes denken. Alles macht plötzlich einen trügerischen Sinn.

Sie!

Es war immer sie. Sie, der Grund und das Ziel meiner Wege. Es kann gar nicht anders sein. Alles hat so kommen müssen, wie es gekommen ist. Ich bin zurückgekehrt, um sie wieder zu finden. Der Tod meines Vaters, vielleicht steckt eine Logik dahinter, die mir bisher verborgen geblieben ist?

Ich muss die Zeichen richtig deuten!

Welch eine Geschichte, die in ihren zufälligen und chaotischen Einzelheiten plötzlich das perfekte Bild formt, als hätte es nie anders sein können.

Ich weiß, ich schwärme und lasse mich zu naiven Gedanken verleiten, die wiederum nichts als Beschwichtigungen sind, aber ich lasse sie zu.

Irgendwo muss unter dem Trümmerhaufen meiner Geschichte ein Sinn vergraben liegen.

Ich platziere das Herz aus roten Rosen auf der schwarzen Erde und richte die Schleife: *In Liebe.*

Vor der Mauer des Friedhofs wartet sie auf mich. Neben ihr steht ein Picknickkorb. Ich lache, packe ihn und wir spazieren wortlos nebeneinander den Feldweg hinunter. Sie nimmt meine Hand und zieht mich an jeder Kreuzung in die Richtung, in die sie gehen möchte. Unsere Schritte schrecken Hasen, Rehe, Fasane auf, die vor uns aus dem Windschutzgürtel schießen und ins weite Land laufen. Immer wieder blickt sie zu mir und lacht. Ich pflücke leuchtend rote Hagebutten vom Dornenbusch und bewerfe sie damit, wenn sie nicht zu mir sieht. Wir necken uns, bis wir unten am Fluss ankommen.

Das Wasser ist seicht und reicht uns kaum über die Knöchel. Wir ziehen uns die Schuhe aus und gehen barfuß gegen die Strömung. Bei einer geeigneten Bucht aus weißen Schottersteinen machen wir halt. Bäume und Büsche am Flussrand spenden uns Schatten. Ich breite die Decke aus, die ganz oben im Korb liegt, und wir legen uns erschöpft darauf.

Rotwein, Käse und frisches Brot.

Das erste Mal sehe ich sie klar vor mir. Die kleine Schwester, der wir so viele Streiche spielen, die aber niemals locker lässt, nie den Mut verliert, bis wir sie endlich in unsere Bande aufnehmen.

Manchmal liegen wir ganze Nächte nebeneinander, während ihr Bruder schon lange schläft. Sie holt ihr liebstes Buch aus dem obersten Regal ihrer Eltern. Ich öffne den abgewetzten Ledereinband mit griechischen Lettern, die golden verziert sind, und lese ihr Mythen und Legenden vor, in die sie sich mit dem ersten Wort verliert. Meine Stimme findet sie schön, wie sie sagt, und ich tue ihr den Gefallen, obwohl ich mich für gewöhnlich entblößt fühle, wenn ich mich selbst höre. Bei ihr ist es etwas anderes.

Und als die einzelnen Geschichten enden, erfinde ich nach und nach eigene, nur um etwas länger an ihrer Seite zu liegen.

Während langsam die Sonne hinter die Bäume sinkt, nimmt sie meine Hand zu sich und legt sie mit dem Rücken in ihre. Mit dem Zeigefinger fährt sie meine Lebenslinien nach und küsst die Schwielen an meinen Händen, die die Arbeit mit der Schaufel nicht gewohnt sind.

Sie streicht mit ihren Fingern weiter über meinen Arm und lässt ihre Hand auf meinem Herzen liegen, um das Pochen zu fühlen. So lange habe ich mich zurückgezogen in eine Welt in mir, in einen Blick, der alles um mich in eine Taubheit legt, wie wenn ich Scheuklappen tragen würde. Jede Berührung eines Fremden fühle ich wie tausend Nadelstiche und ich schrecke auf. Aber sie berührt mich, als hätte ich nie diese Welt verlassen. Meine Haut und jede Faser meines Körpers erinnert sich an ihre sanften Züge.

Leise rauscht der Fluss an uns vorbei und die Vögel singen ihre Lieder. Seit wir uns getroffen haben, hat kein Wort unsere Lippen verlassen. Spielt sie ein Spiel mit mir? Wenn ja, spiele ich mit und schweige, zerstöre unsere Illusion nicht. Wer hat das erste Wort? Wer gibt als Erstes seine Stimme preis und hebt damit den Zauber auf? Wir erkunden uns mit Gesten ohne Laute. Ein Druck an der Hand, ein Zucken im Mundwinkel, mimische Spielereien, die uns in Lachsalven ausbrechen lassen.

Ihr Mund steht leicht offen. Ich beobachte ihre Lippen, wie sie meine Atemzüge aufsaugen und ich in ihre eindringe. Als ob der Raum zwischen uns eine Zeichnung in der Luft wäre. Durch den Schein der Sonne und ihre Reflexion im Fluss sehe ich ihre Gestalt wie ein Gemälde an. Nichts anderes nehme ich wahr als sie.

Ich wage es nicht, den Blick abzuwenden, und möchte diesen Augenblick so lange behalten, wie es möglich ist. Eine Bewegung nur und der perfekte Moment mit ihr zerfließt in den Lauf der Zeit. Ich muss sie hier, in unserem *Immerland* behalten, außerhalb von Zeit und Raum.

Dieser Augenblick wird bleiben. Ich weiß es! Er wird sich in mich einschreiben, damit ich ihn stets wiederfinden und aus meinen Lebenslinien lesen kann.

Es ist mehr zwischen uns, als diese flüchtigen Begegnungen und Erinnerungen. Irgendetwas, das selbst über uns hinausgeht und diese Verbindung schafft, die uns gar keine andere Wahl lässt.

So vieles will ich sie fragen, aber finde einfach keine Worte, die magischer sind, als die Stille zwischen uns.

Ich fühle etwas in meiner Brust schlagen, was da schon lange nicht mehr ist. Als würde ich aus einem langen, tiefen Schlaf erwachen, nach einem viel zu kalten Winter.

Die Flamme brennt noch. Es liegt Hoffnung, Naivität, eine Reinheit und das pure Leben in dem Moment.

Wie konnte ich sie nur vergessen?

Mitternacht.

Sie schläft in meinen Armen. Ein Klopfen an der Tür. Langsam lege ich ihren Kopf auf den Polster, so dass sie nichts merkt, und drehe mich weg. Ich küsse ihre Schulter und decke sie mit dem Leintuch zu.

Der Bestatter entschuldigt sich für seine späte Störung. Es sei ein Notfall. Ohne viele Worte zu verlieren, steige ich in den Leichenwagen und höre über den Vorfall:

Ein junger Mann ist am späten Abend einen Feldweg entlanggegangen, der an Zuggleisen endet. Bei den Gleisen angekommen, stellt er sich zwischen sie. Seine Hände stützt er auf den Knien ab und befindet sich in hockender Position wie ein Ringer, der auf die Attacke seines Gegners wartet. Der Zugführer sieht das undefinierbare Hindernis erst wenige Sekunden vor dem Aufprall. Der Zug hält unter Vollbremsung vierhundert Meter nach dem dumpfen Aufschlag.

Die üblichen Einsatzkräfte werden alarmiert: Polizei, Rettung, Feuerwehr. Sie sichern den Tatort, und der Lokführer, der unter Schock steht, wird von den Sanitätern betreut. Die Identität des Jungen lässt sich nicht ermitteln. Es sind weder der Ausweis gefunden noch sonstige Erkennungsmerkmale entdeckt worden.

Ich komme mit dem Bestatter zur Unfallstelle. Wir holen ein weißes Leintuch aus dem Wagen und breiten es auf einer freien Fläche aus. Gemeinsam mit den Einsatzkräften begeben wir uns auf die Suche nach den Überresten und sammeln alles, was wir finden, auf dem Tuch. Stück für Stück lesen wir die Teile auf, die auf dem Bremsweg des Zuges verstreut sind. Der Großteil der Gliedmaßen ist bei dem Aufprall vom Rumpf des Körpers abgetrennt worden, den wir unter dem Zug hervorholen.

Nachdem wir unsere erste Suche abgeschlossen haben, legen wir die Teile so zusammen, damit sie ungefähr wieder eine Ordnung ergeben, und sehen, dass der rechte Fuß fehlt. In Formation einer Kette gehen wir nochmals Schritt für Schritt die Gleise entlang. Unsere Taschenlampen spenden uns nur wenig Licht, und die Scheinwerfer des Zuges blenden uns mehr, als dass sie die Umgebung ausleuchten würden.

Auf dem Retourweg sieht ein Polizist etwas an einem Baum hängen. Die Fetzen des Hosenteils haben sich in einem Ast verfangen. Aus dem Wagen holen wir eine ausziehbare Stange, mit der üblicherweise die Spinnennetze von den hohen Decken der Aufbahrungshallen entfernt werden, und versuchen damit das Bein vom Baum zu lösen. Erst nach einigem Gestocher und nachdem ein Polizist seine Taschenlampe hochwirft, die anschließend auf den Gleisen zerschmettert, fällt der Fuß herunter. Die Polizisten haben einen Verdacht, wer der junge Mann sein könnte, und sprechen von einem abgängigen Minderjährigen aus dem naheliegenden Dorf.

Das letzte Stück der Leiche legen wir zu den anderen Teilen und ziehen den provisorischen Metallsarg aus der Ladefläche. Mit einer Drehbewegung rollen wir das Leintuch zusammen und heben es in die Truhe. Nach und nach löst sich die Situation auf und der normale Betrieb kann wieder aufgenommen werden.

Vor der Kühlkammer des Stadtfriedhofs öffnen der Bestatter und ich noch einmal den Sarg. Wir schneiden ein kleines Fleischstück vom Körper ab und tüten es ein, um es zur eindeutigen Identifizierung des Verstorbenen in ein Labor schicken zu können.

Der Kopf des jungen Mannes ist als solcher kaum zu erkennen. Mit einigen Druckbewegungen versuchen wir ihm wieder seine runde Form zu geben. Wie bei einem Neugeborenen sind die

Knochen von einer unglaublichen Fragilität. Aber alle unsere Bemühungen, um das Bild zu wahren, nützen nichts. Falls die Angehörigen ihn noch einmal sehen wollen, wird ihnen der Bestatter davon abraten.

Gegen drei Uhr morgens bin ich zurück im Haus.

Ich wasche mir die Hände, das Gesicht und gehe hoch zu ihr. Sie liegt da, wie ich sie verlassen habe. Schlüpfe unter das weiße Leintuch und schmiege mich an ihren warmen Körper, als wäre es das Natürlichste, was es gibt.

Sobald ich die Augen schließe, überkommen mich die Bilder der Nacht. Sie lassen mich nicht los. Ich versuche, wach zu bleiben, aber meine Lider fallen immer wieder zu.

Im Halbschlaf erscheint vor mir Bild um Bild einer fremden Geschichte, die in mein Bewusstsein drängen will: Ein Gefühl der Leere, der Verzweiflung und Einsamkeit. Das Verlangen, irgendetwas spüren zu wollen; egal was, um sich lebendig zu fühlen. Eine Ahnung des Fallens. Gedankenblitze. Blendendes Gegenlicht. Das kreischende Geräusch eines bremsenden Zuges. Und danach der Aufprall.

Schweißgebadet schrecke ich hoch.

Ich weiß, warum ich damals gegangen bin!

Weiß alles wieder!

Sie ist aufgewacht, umarmt mich, aber ich stoße sie weg. Ich gehe hinunter in die Küche und schenke mir ein Glas Wasser ein. An der Holztreppe höre ich ihre zaghaften Schritte, und noch bevor ich sie sehen kann, frage ich in die Dunkelheit hinein:

„Warum hast du es mir nicht gesagt?"

Langsam tritt sie auf mich zu.

„Wie? Du hast uns alle vergessen."

„Du hättest es versuchen müssen!"

„Niemand kann dich dazu zwingen, dich zu erinnern. Es musste von selbst kommen, wenn du bereit bist."

Ich stehe auf, gehe ans Fenster und höre ihre fast weinende Stimme:

„Jeden Tag habe ich damit gekämpft. Vielleicht war es für dich besser, alles zu vergessen. Vielleicht wäre es für mich …"

„Es ist meine Schuld", flüstere ich.

„Das kannst du nicht sagen. Niemand – weder du noch ich oder sonst jemand – hätte es verhindern können. Glaubst du, ich habe das nicht auch gemacht? Mir jeden Tag die Schuld an seinem Tod zu geben, was so viel einfacher ist, als die Tatsache zu akzeptieren. Es war seine Entscheidung. Ich habe gelernt damit zu leben, aber neben all der Liebe hasse ich ihn noch immer dafür."

Sie hält kurz inne und seufzt in einem Atemzug:

„Die Welt war nicht groß genug für ihn."

„Weil wir sie so klein gemacht haben! Ich hätte ihn retten müssen."

„Hör auf mit diesem schrecklichen Selbstmitleid!", schreit sie, und ich sehe unbändigen Zorn in ihren Augen, als würde sie sich in diesem Moment an jeden Kampf der letzten Jahre erinnern.

„Du hast mich allein gelassen und bist geflohen. Statt dich dem Schmerz und der Trauer zu stellen, hast du uns einfach vergessen und ausgelöscht. Ich hätte dich gebraucht. Wir hätten füreinander da sein, uns Trost spenden müssen, aber so habe ich mit einem Schlag nicht nur meinen Bruder, sondern auch meinen besten Freund verloren, meinen Seelen …"

„Ich habe es keine Sekunde länger ausgehalten."

Sie schüttelt den Kopf und geht zur Tür.

„Du hättest mitkommen können", rufe ich ihr nach.

„Meinen Anblick hättest du nicht ertragen", sagt sie mit einem gequälten Lächeln und bebenden Lippen, die immer wieder zu sprechen ansetzen wollen, aber sich dann doch zurückhalten, bis in ihrem Blick nur noch Leere bleibt.

Schweigen zwischen uns.

Es ist mir unmöglich, ihr länger in die Augen zu sehen, und starre gegen das nächtliche Fenster, in dem ich sie in Umrissen erkennen kann.

„Und nun?", frage ich zaghaft ins Nichts.

„Jetzt brauche ich dich nicht mehr."

Sie stürmt zur Tür hinaus und ich höre, wie mit einem lauten Knall das Gartentor in die Angeln fällt.

Am Vormittag holt mich der Bestatter ab, um ihm bei einer Zusammenlegung und einem anschließenden Doppelbegräbnis zu helfen.

Wir sind zu viert. Drei Steinplatten liegen als Abdeckung über der Gruft. In jedem Teil sind zwei schwarze Eisenringe einbetoniert, durch die wir eine Metallstange schieben und Stück für Stück unter größter Anstrengung wegheben.

Die Grabstätte ist bis oben voll. Um wieder Platz zu schaffen, müssen wir alle Särge herausheben, aufbrechen und die Überreste in einer neuen Truhe zusammenlegen.

Zwei Stricke lassen wir hinab, fädeln sie beim Kopf- sowie Fußteil ein und heben gemeinsam an. Die verrostete Metallkiste stellen wir auf den Weg und brechen die Lötstellen mit Hammer und Stemmzeug. Ein unbeschreiblicher Gestank weht uns entgegen. Wir öffnen den Deckel eines neuen Gruftsarges und kippen die Überreste hinein. Das Verfahren wiederholen wir bei den anderen zwei Truhen. Die Leichen sind gut verwest. Nichts als Knochen und verdorrtes Restfleisch in allen möglichen Braunschattierungen. Von den Menschen ist nichts mehr zu erkennen. Augen, Zunge,

Ohren und die Haut am Kopf verwesen schneller als der Rest.

Bei der letzten Kiste angekommen, sehen wir, dass sich die Gruft mit Grundwasser gefüllt hat. Der unterste Sarg ist völlig bedeckt. Bevor wir ihn erreichen können, müssen wir uns von der Feuerwehr eine Pumpe ausborgen und die Flüssigkeit absaugen. Die Gruft ist von oben bis unten betoniert, aber es dürfte sich im Laufe der Jahre durch den Frost ein Riss gebildet haben.

Wir heben die Truhe an, die vermutlich schon Jahrzehnte im Wasser liegt. Der Bestatter schlägt gegen die Stelle mit dem geringsten Widerstand. Mit jedem Schlag spritzen einige Tropfen weg und ein Geruch wird freigelassen, den ich mit nichts vergleichen kann. Es fällt mir schwer, dem Reiz, mich zu übergeben, nicht Folge zu leisten. Da es nicht anders geht, reißen wir gemeinsam mit einem Ruck den Deckel weg. Der Anblick ist kaum zu ertragen und doch verharren meine Augen, als würden sie magnetisch angezogen, auf dem aufgeschwemmten Gegenstand vor mir.

Wir kippen die Kiste etwas zur Seite, um die Flüssigkeit auszuschütten, und legen den Leichnam zu den anderen Überresten der Familie. Der Deckel wird versiegelt, und mit den Stricken lassen wir den neuen Sarg, in dem nun eine ganze Generation einer Familie liegt und wieder Platz für eine Neue ist, in die Gruft hinab.

Bis das Begräbnis beginnt, haben wir noch etwas Zeit und holen uns eine Jause vom Laden gegenüber. Mir ist der Appetit vergangen, aber ich muss etwas essen, um die nächsten Stunden durchzustehen. Ich gehe an der Wursttheke vorbei, nach hinten zu den eingelegten Gurken und Regalen voller Konserven und begnüge mich mit einem Käsestangerl.

Vor der Aufbahrungshalle essen wir in Ruhe, während die Gärtnerin mit ihrem Mitarbeiter Kranz um Kranz entlädt und kaum noch Platz findet.

Eine Wirtin ist kurz vor ihrem neunzigsten Geburtstag gestorben. Es hätte ein großes Fest geben sollen. Keine drei Tage später hat sich ihr Mann, ein gelernter Metzger, das Leben genommen, indem er sich seinen Schlachtschussapparat an die Schläfe gehalten hat. Sechzig Jahre haben sie gemeinsam ein Wirtshaus geführt und sind genauso lang verheiratet gewesen.

Wir heben die Särge auf zwei Bahrwagen und stellen sie nebeneinander auf. Dazwischen platzieren wir ein großes Foto des Ehepaars, das die beiden Wange an Wange und lachend im Wirtshaus zeigt. Der Rest der Halle wird mit den Blumen gefüllt, die den sonst klinischen Geruch des Raumes überdecken und ihm die Atmosphäre eines Gewächshauses verleihen.

Ich stehe draußen vor einem aufgebauten Pult mit dem Kondolenzbuch darauf. Nach und nach kommen die Gäste. Ich weise sie darauf hin, sich einzutragen. Einige schreiben nur ihren Namen, andere ein paar persönliche Worte, und wiederum andere ziehen einen Zettel aus der Tasche und zitieren einen Sinnspruch irgendeines bekannten oder unbekannten Dichters. In ihrer Reaktion auf das Kondolenzbuch erkennt man sofort, ob jemand Friedhofsroutine besitzt oder nicht. Für die ziemlich Gebrechlichen, die neben ihren Krücken keinen Stift halten können, übernehme ich die Schreibarbeit und trage mich in ihrem Namen ein.

Ein Schlager erklingt. Die Trauerfeier beginnt.

Der Pfarrer hat sich verweigert das Begräbnis durchzuführen, also ist ein Nachrufredner engagiert worden. Er geht in einem kurzen Umschweif auf die besonderen Vorkommnisse ein, spricht von der großen Liebe der Ehepartner, ihrer ständigen Hingabe für die Dorfgemeinschaft durch ihren Dienst im Wirtshaus, über ihren ungeheuren Fleiß und die Symbiose ihrer beiden Leben – bis in den Tod. Seine Stimme ist angenehm und ich folge ihm bei jedem Wort. Er spricht, als würde er im Moment der Aussprache die Worte denken und sie nicht wie einstudierte Phrasen herunterrattern. Sein ganzer Sprachduktus ist nur den verstorbenen Menschen gewidmet und keiner Liturgie unterworfen. Ich höre ihm gebannt zu und verlasse nicht wie üblich die Aufbahrungshalle, um erst im letzten Moment zurückzukommen. Das Ehepaar steht vor mir, wie wenn ich wissen würde, wer sie sind, und als wären sie Freunde, die auch aus meinem Leben gegangen sind.

Nach den letzten Worten verlässt der Leichenredner die Aufbahrungshalle und wir folgen ihm mit den zwei Särgen. An der Gruft angekommen, legen wir die erste Truhe vom Bahrwagen auf zwei Staffeln, die über der geöffneten Grabstätte liegen. Wir heben mit den Seilen an, und der Bestatter zieht das Holz weg.

Nach und nach lassen wir den Sarg hinab.

Die gleiche Prozedur bei der zweiten Truhe.

Der Grabredner bittet die Angehörigen, näher heranzutreten.

Während er über *Philemon und Baucis* zu sprechen beginnt, blicke ich zu den versiegelten Särgen und sehe das gemeinsame Bild der Verstorbenen vor meinen Augen. So nah sind sie sich jetzt und doch so unendlich weit entfernt.

Jeder Leichnam für sich selbst verpackt und isoliert, bis…

Vielleicht habe ich noch nie eine größere Einsamkeit empfunden, wie in diesem Moment.

Der Bestatter bringt mich zurück zum Haus.

Keine Sekunde kann ich ruhig sitzen und ziehe meine Kreise. Zu viele Bilder drängen sich in mein

Bewusstsein und erzeugen ein Gefühl von Klaustrophobie, das mich zur Flucht zwingt.

Ich setze mich aufs Rad und fahre los. Ohne Ziel irre ich die Feldwege entlang und doch weiß ich, alles in mir zieht mich zu einem bestimmten Platz. Es gibt nur einen Ort, an dem ich sein möchte, dort, wo es mit ihr begonnen und geendet hat.

Mein Rad lehne ich an die alte Linde und kämpfe mich durch eine Allee, die fast völlig verwachsen von Büschen ist. Dornen streifen über meine Haut, aber ich merke es kaum. Mein Blick ist nach vor gerichtet. Schritt um Schritt komme ich der Lichtung näher und trete endlich in die Ruine des Amphitheaters ein. Nur noch wenige Steinmauern lassen die ursprüngliche Form erkennen und der Rest ist von einer saftig grünen Wiese überwachsen. Ich lege mich inmitten des Theaters. Es ist unser Platz gewesen in jenem Sommer.

Hier warte ich auf sie.

Die Schule ist vorbei, und wie jedes Jahr kommt die kleine Schwester meines besten Freundes zurück vom Internat. Mit ihrem Bruder erwarte ich sie am Bahnsteig. Die Zugtür öffnet sich. Es ist so, als würde ich sie zum ersten Mal erblicken. Nicht mehr das Mädchen sehe ich vor mir, das unbedingt Teil unserer Spiele sein will, sondern eine junge Frau. Das Kindliche an ihr hat sich, in den wenigen Monaten, die wir uns nicht gesehen haben, in weibliche Züge geformt. Jede Bewegung, die sie macht, führt sie mit einem ganz anderen Verständnis für ihren Körper aus. Ich bin verlegen, während sie auf uns zuläuft und in ihre Arme schließt.

Da ist ein Verlangen und Erregen in mir, das ich vorher nicht gekannt habe.

In den letzten Monaten hat sich ihr Bruder verändert. Er geht kaum mehr in die Schule und darf nicht zu den Abschlussprüfungen antreten. Seine Zeit verbringt er ausschließlich in der Wohnung eines fremden Mannes, bis er eines Tages völlig am Boden zerstört vor meiner Tür steht. Er weint, aber ich kann ihn nicht trösten. Ich verstehe seine Schmerzen nicht und flüchte mich in Banalitäten, die ihm nicht helfen. So große Pläne haben wir für unsere Zukunft gemacht, weit weg vom Dorf, von allem hier, und jetzt interessiert ihn das nicht mehr. Er will kaum aus seinem Zimmer heraus, um etwas zu unternehmen, und wenn er mir einmal Einlass gewährt, dann sehe ich ihn nur über seinen Schreibtisch gebeugt, wo er lange Briefe schreibt, die er mich bittet, zur Post zu bringen. Immer weiter stößt er mich weg, und ich finde keinen Zugang zu ihm.

Aber es macht mir nichts aus, seit ich seine Schwester mit neuen Augen sehe und meine Gedanken ausschließlich auf sie gerichtet sind. Unter dem Vorwand, ihn besuchen zu wollen, kommen wir uns näher, bis ich nur noch sie in meinem Blick habe.

Alles ist so spielerisch mit ihr und die Orte unserer Kindheit werden in ein ganz anderes Licht getaucht. Jede Kleinigkeit wird zum größten Schauspiel. Die Farben leuchten heller und intensiver. Es ist so, als wäre durch ihre Augen – die zu meinen werden – die Welt neu für mich geboren.

Ich erlebe jeden Moment wie das erste Mal.

Tag für Tag begeben wir uns auf eine andere Reise, erkunden neue Welten, die mir so nah gewesen sind, aber vor denen ich blind gestanden bin. Und jeden Tag beenden wir unten im Amphitheater, wo wir genau in der Mitte im Gras liegen.

Wie viele Schauspiele, wie viele Tragödien und Spektakel hat dieser Ort erlebt? Wie viel Blut ist wohl an jener Stelle schon geflossen? Und die Menschen jubelten, schluchzten! Hier an diesem Ort, wo das Dramatische spürbar wird, alleine durch den Geist des Raumes, lese ich ihr die größten Mythen und Legenden vor.

Ihr Kopf liegt auf meinem Schoß. Ich öffne ihr liebstes Buch. Der Himmel färbt sich blutrot. Der Wind rauscht durch die Blätter der Bäume, die das Theater umschließen. Und wir ordnen uns ein in das Spiel. Meine Stimme hallt durch die Gemäuer und nur sie und die Tiere lauschen.

Ich erzähle ihr die Geschichte von *Sisyphos*, der das Leben so liebt, dass er den Tod überlistet, ihn trunken macht und an Ketten legt; und als er doch sterben muss, seine Frau anhält ihn nicht zu bestatten, damit er wieder zurückkehren kann, wenn die Götter ihre Opfer fordern. Erzähle von *Orpheus,* der seine Liebe so vermisst, dass er allein durch seinen Gesang in die Unterwelt vordringt, um sie ein letztes Mal zu sehen. Ich will an der richtigen Stelle abbrechen, um uns die Hoffnung zu lassen. Sie weint trotzdem, bei all den Geschichten von Liebenden, die durch unglückliches Geschick getrennt werden und nicht mehr zueinanderfinden.

„Glaubst du, werden sie einmal über uns schreiben?“, fragt sie gedankenverloren und blickt zu mir.

Lange sehe ich zum goldenen Ring in ihren Augen.

„Ich verspreche dir, unsere Geschichte zu erzählen, damit wir uns immer lieben, wenn jemand sie liest.“

Sie lacht über meinen theatralischen Vortrag, in den ich die Worte hülle. Aber ich sage sie – trotz Pathos – aus tiefster Überzeugung und Wahrhaftigkeit.

Momente wie ungeschriebene Gedichte.

Bevor der Sommer zu Ende geht und sich unsere Wege wieder trennen müssen, treffen wir uns noch einmal im Amphitheater. Aufgeregt warte ich auf sie.

Von den letzten Sonnenstrahlen geküsst, balanciert sie über die Bruchstücke der Ruine. Geblendet vom Licht sehe ich ihre Silhouette und ein rotes Kleid, das ich nicht an ihr kenne. Eine leuchtende Aura umstrahlt sie, während sie tanzend auf mich zukommt.

Wir setzen uns ganz nah aneinander. So viel Zeit haben wir in diesen Tagen gemeinsam verbracht, aber die Aufregung und Erwartung ist jetzt in der Luft zu greifen.

Wohin führt uns dieser Weg?

Unterdessen ich beginne von der Zukunft zu reden, stürzt sie in meine Arme und weint. Sie möchte nicht von Abschied sprechen und fragt mich, ob mir der Sommer nichts bedeutet hat. Er hat mir alles bedeutet, aber ich lache nur, als könnte sie es von meinen Augen lesen.

Ein Jahr noch, wenn ihre Schule vorbei ist, dann könne sie mit mir in die große Stadt kommen, beschwichtige ich sie und bitte sie, geduldig zu sein. Wir werden uns wiederfinden. Ich verspreche es ihr, in einem Hochgefühl zwischen überschwänglicher Euphorie und Überheblichkeit, als würde mir die Welt gehören.

„Was bedeutet schon ein Jahr, wenn wir ein Leben haben?“

Ich zitiere Floskeln und Phrasen aus den Filmen, die wir uns in den letzten Wochen fast täglich angesehen und uns über die übertriebenen Gesten, die großspurigen Dialoge von Leben, Tod und Liebe, und die völlig vorhersehbaren Wendungen lustig gemacht haben; bis sich unser Blick immer weiter von den bewegten Bildern distanziert hat und sie nur noch zu einem belanglosen Flimmern und einem dumpfen Geräuschemeer geworden sind, als Kulisse unserer innigen Küsse.

Wir lieben – das erste Mal.

Die Sonne senkt sich hinter den Bäumen. Die Luft ist warm. Wir wollen uns nicht trennen, aber die Dunkelheit bricht über uns herein.

Ich bringe sie bis vor ihre Tür, küsse sie und sehe ihr nach, wie sie langsam verschwindet.

Beim Bauernhof angekommen, steigt gerade mein Vater aus dem Leichenwagen. Mit einer gewissen Süffisanz in der Stimme frage ich, wen er denn diesmal geholt hätte. Ich erwarte seine übliche, nichtssagende Antwortfloskel und möchte mich bereits wegdrehen. Er legt seine Hand auf meine Schulter. Sein Gesicht ist ausdruckslos. Beunruhigt starre ich auf seine Lippen, die sich wie in Zeitlupe bewegen. Es dauert eine gefühlte Ewigkeit, bis ich das Gesagte verstehen kann.

Aus seinem Mund klingt der Name meines besten Freundes unendlich fremd, wie wenn er von einem anderen Menschen sprechen würde.

Nein, er kann nicht von derselben Person reden!

Bevor mein Vater ein weiteres Wort sagen kann, gehe ich in mein Zimmer und verschließe die Tür. Ich sitze in der Finsternis.

Mit der Morgendämmerung packe ich meinen Rucksack und gehe los, ohne zurückzublicken.

Ich starre in das Guckloch der Kremationsanlage. Schon beim Hineinschieben entzündet sich der Sarg. Die Hitze von der letzten Verbrennung ist hoch genug. Die Luke schließt sich langsam und von unten kommen Flammen. Die ganze Truhe brennt jetzt und beginnt sich aufzulösen. Es sind nur zusammengepresste Holzspäne, Abfallprodukte, die zusammengeleimt worden sind und einen Körper in sich tragen. Die Kiste brennt wie Papier und die Wände brechen langsam weg. Das Braun des Holzes weicht im glühenden Rot und Gelb der Flammen dem Schwarz und Weiß der Asche. Der Inhalt ist klar zu sehen, wenn das Licht des Feuers das Auge nicht blendet. Alles brennt jetzt lichterloh. Es bleibt nur die Leiche, die allein das Feuer nährt.

Ich erkenne Konturen einer Gestalt: einen Kopf, brennende Haare, sehe einen Körper, wie er sich zersetzt. Was einst noch menschlich gewesen ist, wird nun verzehrt von Flammen. Die Fetzen an der Haut, Kleidung, Grabbeigaben, alles vergeht. Es bildet sich kein Rauch, der den Blick verstellen könnte.

Die Haut schmilzt nahtlos in das Fleisch hinein. Die grellsten Kolorite erscheinen unvermittelt im Feuer.

Ein jeder brennt in seinen eigenen Farben.

Die Flammen haben die Knochen erreicht und am Höhepunkt der Hitze neigt sich das Schauspiel seinem Ende zu. Stückchen vom Oberschenkelknochen sind zuletzt im Staub vergangener Körperlichkeit erkennbar. Sie werden später von der Knochenmühle zermahlen.

Asche zu Asche. Staub zu Staub.

Meine Pause ist zu Ende. Ich wende meinen Blick vom Guckloch ab und packe den Rest meiner Mittagsjause in die Alufolie zurück. Mit der Umstellung von Gas- auf Elektroöfen geht sich nicht einmal ein ganzes Brot mehr aus.

Nach nur wenigen Monaten bei dem Bestattungsinstitut in der Hauptstadt bin ich zur dienstältesten Hilfskraft aufgestiegen. Die anderen Studenten halten kaum länger als ein oder zwei Wochen durch und verlieren bereits nach wenigen Durchführungen das Interesse an dieser „geistlosen Arbeit“, wie sie im Gleichklang sagen. Es reicht ihnen, um bei der nächsten Feier mit ein paar Anekdoten prahlen zu können, aber niemand möchte sich länger den immer gleichen Ritualen aussetzen. Jeden Tag begleite ich zwei, manchmal drei Menschen in den Tod. Ich bin froh darüber, wenn der Dienstplan voll ist, und sage nie nein.

Einige Särge, die vor dem Eingang des Liftes abgeladen worden sind, schiebe ich auf die Seite. In der Ecke stehen schlichte Holzkisten, auf die das Wort *ANA* gemalt wurde. Menschen liegen darin, die ihren Körper der Anatomie verschrieben haben und anonym bestattet werden möchten.

Ich fahre zu den Aufbahrungssälen der Feuerhalle hoch, um die nächste Verabschiedung vorzubereiten. Während sich die Türen schließen, strömt mir der allzu bekannte süßliche Geruch in die Nase. Im Lift gibt es keinen Abzug und er hat den Geruch von Leichen in jeder Ritze aufgesaugt. Es ist eine kurze Fahrt. Die Türen öffnen sich langsam.

Ich trete in einen Vorraum, in dem lange, weiße Wachskerzen gelagert werden, die durch die Hitze verformt und verzerrt wurden. Als wären sie Schauobjekte aus dem Innersten meiner täglichen Absurdität, wie ich denke.

Vor der letzten Tür in den Saal hängt eine schwarze Schiefertafel, auf der mit weißer Kreide die Trauerfeiern des Tages notiert werden. Ein Mitarbeiter wischt die Namen von gestern weg und schreibt die heutigen darauf. Wir begrüßen uns stillschweigend.

Noch zwei unerträglich lange Stunden bis zum Beginn der Zeremonie.

Die Blumen sind bereits geliefert worden. In leichten Ruckbewegungen öffnet sich die Luke, durch die die Truhe vom Keller nach oben gefahren wird. Die Wände, die das Loch verschließen, verschwinden langsam links und rechts.

Es ist ein schlichter Kremationssarg. Ich drehe die Schraube am Kopfteil heraus und hebe den Deckel hoch. Der Bestatter kontrolliert den Leichnam. Es sind noch keine Gäste im Saal, und so können wir die Routinen bei offenem Vorhang erledigen.

An der großen Zehe hängt ein Zettel, den wir mit unseren Daten abgleichen: Leiche, Sterbedatum, Ort. Es ist der richtige Tote. Er ist ansehnlich und dürfte im Spital gestorben sein. Die Infusionsnadel steckt noch in seiner Hand. Der Bestatter zieht die Decke etwas in die Höhe, damit die Hände darunter verschwinden. Ich schätze den Mann auf knappe achtzig Jahre. Der Mund ist aufgerissen. Die Augen sind geschlossen. Der Kopf ist nach links gedreht. Seine Haut ist ledrig und gut gebräunt, als ob er erst von einem Daueurlaub zurückgekehrt wäre.

Ich schließe den Deckel wieder und drehe die Schraube hinein. Um die Truhe lege ich ein rotes Samttuch und verdecke dadurch die mechanischen Teile des Absenkmechanismus. Auf der Marmorumrandung platziere ich rote und weiße Schalen und zünde die Teelichter darin an.

Trauerkerze. Weihwasserschale. Fertig.

Noch über eine Stunde bis zur Verabschiedung. Eine ganz in Schwarz gekleidete Frau betritt die Feuerhalle. Über dem Hut, mit einer Stoffrose darauf, wölbt sich ein Schleier bis zu ihrer Brust. Ihr Alter ist aus der Ferne nicht zu schätzen. Sie bewegt sich elegant, ihre ganze Physiognomie erweckt den Schein einer Madam. Eine jede Bewegung ist bedacht. Sie geht wie ferngesteuert und nimmt nichts um sich wahr. Auf einer geraden Linie geht sie zum Sarg. Ich begrüße sie.

Nicht einmal ein Zucken in ihrer Mimik.

Sie geht ganz nach vorne und ich folge ihr. Ohne mich anzusehen sagt sie, mit einem starken Akzent, der auf eine Ostherkunft schließen lässt:

„Ich will ihn sehen."

Wieder schraube ich die Truhe auf, hebe mit dem herbeigeeilten Bestatter den Deckel an und lege ihn hinter die Blumen. Während ich mich gerade mit dem Rücken zur Frau befinde, höre ich einen ohrenbetäubenden Schrei. Im nächsten Moment sehe ich, wie sie zum Sarg stürzt und dabei die brennenden Teelichter umstößt. Sie umarmt den Toten, schüttelt ihn und legt ihren Kopf auf seine Brust. Sie weint, schreit und klagt, bis zur völligen Verausgabung. Ich kenne diese Art der Trauer nicht. Nur wenige Meter weiter ist gerade eine andere Bestattungsfeier im Gange, die ohne diese theatralischen Gesten auskommt. Ich werde gebeten, die Frau darauf hinzuweisen, dass sie etwas leiser sein soll, aber dringe nicht bis zu ihr vor. Unterdessen sie weiter ungezügelt um ihren Mann trauert, versuche ich den Schaden einzuordnen. Ich umkreise die Truhe und sehe, dass ihr Kleid über drei noch brennende Lichter gelegt ist und Feuer zu fangen droht.

Ich tippe auf ihre Schulter.

„Entschuldigung …“

Keine Reaktion.

„Entschuldigung, Ihr Kleid …“

Sie klagt immer lauter.

„Entschuldigung, Sie brennen …“

Sie will mich nicht hören und schreit auf:

„Lassen Sie mich …!“

Ihr Kleid hat sich entzündet und ich überlege, wie ich das Feuer löschen könnte. Ich hebe den Stoff auf und ab. Versuche, durch den Luftzug die Flammen zu töten, aber fördere sie nur. Kurz denke ich daran, die Weihwasserschale drüber zu gießen, aber verwerfe den Gedanken gleich im Ansatz. Bevor sich die Flammen bis zu ihrem Bein ausbreiten können, schlage ich mit meinem Fuß die Teelichter weg und steige auf das Kleid, um das Feuer zu ersticken. Es ist lang genug. Sie bemerkt nichts in ihren Klagen.

Einige Zeit bleibt sie noch in ihrer Trauerposition und steht anschließend auf, als wäre nichts passiert. Erst jetzt begrüßt sie den Bestatter und bespricht in einem fast fröhlichen Ton die Abläufe. Während sie sich in die erste Reihe setzt, verschließen wir den Sarg. Auf Knien kratze ich das Wachs weg und versuche die Teelichter wieder in eine Ordnung zu bringen. Erneut zünde ich die Kerzen an und trete in den Hintergrund.

Nach und nach kommen die anderen Gäste. Eine ältere Frau und ihre Tochter bleiben kurz vor der Truhe stehen. Keine Reaktion in ihren Gesichtern, und die üblichen Gesten. Sie setzen sich in die erste Reihe der rechtsliegenden Bänke, ohne einen Blick zur Frau in Schwarz zu werfen. Die nachfolgenden Gäste verbeugen sich vor dem Sarg und beweihwassern ihn. Einige von ihnen gehen zur links und die anderen zur rechts sitzenden Frau, um ihr Beileid auszudrücken.

Mit den letzten Worten des Geistlichen und unter erneut lautem Schluchzen der Madam fährt die Truhe zur Kremationsanlage hinab und die Luke schließt sich wieder.

Nachdem die Trauergäste gegangen sind, räumen wir zusammen. Die Kränze und Buketts werfen wir zum Restmüll hinter der Feuerhalle.

Zwei alte Frauen warten bereits etwas abseits und bedienen sich von den noch frischen Blumen.

„Es wäre ja schad drum“, höre ich sie einstimmig sagen, während ich abgehe.

Ich beobachte die Vögel im Garten. Umso stiller ich werde, desto näher kommen sie. Ich scheine ihre Routine nicht zu stören und folge ihrem Gesang, der zu meinem wird.

Aus meiner Tasche ziehe ich ein Notizbuch mit einem schwarzen Ledereinband. Alles habe ich darin notiert, seit ich gegangen bin, und nie wieder hineingesehen. Vielleicht habe ich es nur für sie geschrieben, für diesen Moment, um sie hinter meine Mauern zu lassen, die nicht einmal mehr ich durchdringen kann?

Ich blättere durch die Seiten, aber schaffe es nicht, die Worte zu lesen. Es ist zu schmerzhaft. Mein Blick – mein Innerstes – liegt darin vergraben. Sie muss verstehen, was ich damals gefühlt habe, und sehen, dass es für mich keine Alternative gegeben hat.

Ich musste weggehen!

Ich habe zu viel vom Tod gesehen, als dass ich den Verlust meines besten Freundes akzeptieren kann. Meine Welt liegt in Trümmern. Ich bin so überheblich gewesen und habe gedacht, nur, weil ich für den Tod arbeite, kann er mir nichts antun und er wäre mein Verbündeter. Meine Kindheit am Friedhof, mein Glauben: Es ist eine Lüge gewesen, die ich nicht wahrhaben will.

In der ersten Zeit laufe ich betäubt und in einem Schockzustand durch diese fremde Stadt, so weit entfernt von meiner Heimat. Ich treffe neue Menschen. Sie reden mit mir, sind interessiert und wollen meine Meinung hören, aber ich kann mich ihren Gesprächen nicht anschließen. In ihren Gesichtern sehe ich meine leblose Maske umso deutlicher und ich nehme nur noch dumpfe Geräusche wahr.

Ich stürze mich von Vorlesung zu Vorlesung und verschanze mich hinter den Büchern. Es hilft am Anfang, aber irgendwann ist selbst dieses Placebo dahin und die noch so kleinste Kleinigkeit erinnert mich an meinen besten Freund und weckt die Sehnsucht zu seiner Schwester.

Wie oft möchte ich ihr schreiben, wenn ich es kaum mehr ertrage. Ich sitze über mein Notizbuch gebeugt, aber entlasse die Worte nicht. Noch immer sehe ich sie vor mir wie das letzte Mal. Ständig wiederholt sich das Bild vor meinen Augen, wie wir umschlungen im Amphitheater liegen und ich sie bis zu ihrer Tür geleite.

Jeder Gedanke reißt die Wunde auf, als würde sie an jedem Tag neu geschlagen. Es scheint keine Linderung zu geben, bis ich das Inserat der Bestattung entdecke und die Toten zu meinem Heil mache.

Nein, nicht die Toten verursachen die Schmerzen!

Bevor ich meinen besten Freund getroffen habe, ist der Friedhof mein einziger Ort gewesen, und ich kehre zu ihm zurück. Hier fühle ich nichts und vergesse mit jedem Tag meine Geschichte, bis sie nur noch zu einer von Tausenden wird. Er, ein Toter wie jeder andere, den ich begrabe.

Ich gewöhne mich nicht an den Tod, genauso wie sich meine Ohren nicht an laute Musik gewöhnen. Irgendetwas wird beschädigt, das mich nicht den ganzen Klang erfassen lässt, und so sehe, höre, fühle ich mit jedem Blick in den Sarg ein bisschen weniger von meinem Schmerz, bis da nichts mehr ist, was mich verletzen könnte. Die Toten betäuben mich und jeden Drang des Lebens in mir, also verlange ich nach mehr und immer mehr, um meine Erinnerung auszulöschen.

Wochen, Jahre – Zeit spielt keine Rolle.

Ich wandere von Friedhof zu Friedhof und öffne Truhe um Truhe. Jeden Tag schlage ich mein Buch auf und schreibe ein neues Kapitel der immer gleichen Geschichte: *der letzte Gang lebloser Gesichter*. An den Wochenenden verkrieche ich mich auf dem stillgelegten Friedhof an der Stadtgrenze, lege mich ins Gras und atme das Schweigen ein.

Ich verschwinde hinter meinen Ritualen, bis der Anruf kommt, der mich aus meiner Todesmeditation reißt.

„Vater verstorben."

Mit einem seidenen Papier, das ich in der Werkstatt finde, umwickle ich das Buch, schreibe ihren Namen darauf und klemme es in den Gepäckträger des Fahrrads. Sie wohnt im oberen Teil des Dorfes und nur die schwachleuchtenden Straßenlaternen der Nebengassen bieten mir etwas Licht. Niemanden treffe ich auf dem Weg zu ihr. Es herrscht eine trügerische Stille.

In ihrem Zimmer brennt Licht. Schatten bewegen sich. Sie tritt ans Fenster, aber sieht mich nicht.

Wie viele Male bin ich jenen Sommer hier gestanden, während ihre Eltern bereits geschlafen haben, und habe einen Kieselstein gegen ihr Fenster geworfen?

Jede Sekunde, die wir getrennt sind, ist unerträglich für mich. So oft ich kann, entführe ich sie in die Nacht. Sie steigt vom Balkon und wir fahren gemeinsam zum Teich. Wir ziehen uns aus und springen Hand in Hand in das eiskalte Wasser. Als wir auftauchen, sehen wir uns lange an.

Sternenschauer.

Ihre Augen glänzen im Mondlicht und ihre nasse Haut funkelt wie Kristall.

Ich zittere – nicht von der Kälte.

Sie tritt vom Fenster zurück und ich lege das Buch vor die Tür. Erst, wenn sie es gelesen hat, wird sie mich verstehen. Was ich nicht sagen kann, liegt verschüttet in den Worten.

Voller Euphorie fahre ich wieder. Sie wird der erste Mensch sein, den ich tiefer in mich hineinlasse, als ich selbst blicken kann.

Im Wirtshaus brennt noch Licht und ich kehre ein. Die Küche ist zwar schon geschlossen, aber die Kellnerin bietet mir an, ein Gulasch warm zu machen. Ich danke ihr und nehme an einem leeren Tisch Platz. Vereinzelt sitzen ältere Herren über ihren Wein gebeugt und reden nichts.

Nach kurzer Zeit betritt ein etwa siebzigjähriger Mann das Lokal und setzt sich zu mir. Er hat weißes Haar und einen kugelrunden Bauch. Seine braune Cordhose wird von bunten Hosenträgern gehalten. Bei der Kellnerin bestellt er sich ebenfalls ein Gulasch und beginnt einen Monolog, der mich in eine angenehme Trance versetzt. Jeder seiner Assoziationen muss ich mit größter Aufmerksamkeit folgen, um nicht den Faden zu verlieren. Selbst als unser Essen kommt, redet er ungestört weiter, wortwörtlich über Gott und die Welt. Sobald er fertig ist, wischt er mit der frischaufgebackenen Semmel das letzte bisschen Saft vom Teller und von seinem weißen Hemd. Für uns beide schafft er einen Verdauungsschnaps an. Ich sage nicht nein und wir stoßen an.

„Deinen Vater habe ich gut gekannt!“, sagt er aus dem Nichts heraus. „Als wir beide noch jung waren, haben wir jeden Sommer gemeinsam am Feld gearbeitet und den anderen Bauern bei der Ernte geholfen, um uns etwas Geld dazuzuverdienen.“

Die Kellnerin bringt den Schnaps und er leert sein Glas in einem Zug.

„Dort hat er auch deine Mutter kennengelernt!“

Ich höre das zum ersten Mal und bitte ihn weiterzureden, während ich noch eine Runde bestelle.

„Jeden Frühling sind Saisonarbeiterinnen ins Dorf gekommen. Ihre Ankunft ist stets wie ein Volksfest gefeiert worden.

Wir sind ja damals auch stramme Burschen gewesen, und bei so einer körperlichen Arbeit am Acker, ist es schon manchmal vorgekommen, dass diese jungen Dirndln zu uns rüber gesehen haben.

Dein Vater hat sich im ersten Augenblick in deine Mutter verschaut. Sie war wirklich fesch und so ganz anders als die anderen. Alleine in ihren Bewegungen ist sie wie von einer anderen Welt gewesen. Ihre pechschwarzen Haare und ihre haselnussbraunen Augen, die golden geglänzt haben, sind deinem Vater sofort aufgefallen, und er hat gar nicht mehr aufhören können, über sie zu reden, bis er endlich zu ihr rüber gegangen ist.

Sie hat zwar kein Wort seiner und er kein Wort ihrer Sprache gesprochen, aber es war ihnen egal. Vom ersten Moment an sind sie unzertrennlich gewesen und haben sich auf Anhieb verstanden. In jeder kleinen Pause hat sie auf der Zither gespielt und dein Vater hat gesungen.

Noch nie habe ich ein so schönes Zusammenspiel gehört!

Wenn es Abend geworden ist, haben sie sich heimlich getroffen. Dein Vater hat die junge Frau, die hier niemand gekannt hat, nicht mit zu seinen Eltern auf den Hof nehmen können, die ganz andere Ehepläne für ihren Sohn gehabt haben – zur Erweiterung ihrer Landwirtschaft –, also hat er sich mit ihr in dem Haus seiner Kindheit versteckt.

Sie sind verliebt gewesen, wie man es in den ersten Tagen, Wochen, Monaten nun einmal ist, und da war das alte Haus ein Segen für sie. Während dein Vater ihnen ein Nest gebaut hat, hat die junge Frau sich um den Garten gekümmert und die wilden Erdbeeren gepflückt, die er so liebte. Sie haben sich selbst genügt und nichts anderes als ihre Liebe gebraucht, die so intensiv gewesen ist, dass jeder sofort gewusst hat, wohin, in welches Desaster sie führen muss.

Wie alle, haben sie geglaubt, es besser zu wissen.

Im Herbst ist sie wieder gegangen. Sie hat ihn gebeten, nicht zu fragen wohin, und hat versprochen, wieder zu kommen.

Dein Vater hat gewartet. Der Winter ist ihm länger vorgekommen, als jeder andere zuvor. Sie ist *die eine*, wie er mir immer wieder gesagt hat. Meine Beschwichtigungen haben nichts geholfen. Er hat es sofort gewusst und begonnen die Ruine für sie beide herzurichten, um mit ihr darin wohnen zu können, wenn sie zurückkehrt.

Aber als der Frühling endlich gekommen ist, hat es keine Spur von ihr gegeben. Keine Namen, nichts haben sie getauscht. Die anderen Frauen haben sie nur *Kore* – das Mädchen – genannt, aber wir haben nie herausgefunden, ob es ihr richtiger Name war. Egal, wo dein Vater auch nachgefragt hat, niemand kannte sie und wusste, wer sie war. Im Dorf ist zwar viel gemunkelt worden, aber das ist nur Rederei gewesen.

Und einige Wochen später ist ein Korb mit einem Kind vor seiner Türschwelle gestanden. Aber das wird dir ja bekannt sein!“

Er lacht und ich nehme einen großen Schluck.

„Dein Vater hat danach kein Wort mehr über deine Mutter verloren. In den ersten Jahren, wenn die Saisonarbeiterinnen eingetroffen sind, hat er noch versteckt hinter einem Baum auf sie gewartet, aber sie ist nicht mehr gekommen. Und mit jedem Frühling ist er etwas mehr verstummt, auch wenn er nach außen seine Maske aufrechtgehalten, immer ein Lächeln auf den Lippen gehabt und den Witzbold gespielt hat."

Er macht eine kurze Pause und tönt dann lautstark:

„Doch wie's da drin aussieht, geht niemand' was an!"

Der Mann ist etwas überrascht darüber, dass ich die Geschichte nicht kenne, aber er sagt, dass es meinem Vater ähnlich sieht.

Wenn ich den Kindern in der Schule oder sonst jemandem erklären musste, wo meine Mutter ist, habe ich stets irgendwelche Geschichten erzählt. Mein Vater konnte nicht darüber reden und ich wollte nicht nachfragen. Von Anfang an habe ich geglaubt, dass meine Mutter bei meiner Geburt gestorben ist und dass Vater vielleicht nur deshalb gräbt, um ihr irgendwie nah zu sein. Der Friedhof ist der einzige Ort, wo wir alle vereint sein können.

„Nur weil ich hier oben stehe, liegt sie da unten", habe ich oft gedacht, aber ich wollte diesen Gedanken nie weiterdenken.

Wir trinken noch einen Schnaps und der alte Mann redet sich wieder in seinen Assoziationsrausch, dem ich jetzt nicht mehr folgen kann und höflich nicke, wenn er zu mir blickt. Ich möchte, dass er mir mehr erzählt, ausführlicher über die

Geschichte meiner Eltern berichtet, aber fühle diese Scham in mir hochkommen, warum ich meinen Vater nicht dazu gezwungen habe, als es noch Zeit gewesen ist.

Warum habe ich mich für mein Leben nie interessiert?

Ich taumle zurück ins Haus und versuche mich an die Anzahl der Schnapsrunden zu erinnern, die wir getrunken haben. Mir kommt keine Zahl in den Sinn, die annähernd stimmen könnte. *Haselnuss, Birne, Zwetschke, Feige* – einen ganzen Obstgarten an gebranntem Fusel hat uns die Kellnerin gebracht. Es fehlen mir sicher einige Stamperl in meiner Erinnerung. Irgendwann habe ich nur noch auf den Mund des Mannes starren können, bis mein Blick völlig verschwommen ist.

Ist es wahr, was er mir erzählt hat?

Seine Geschichte über meine Eltern kann ich nicht glauben. Ich habe meinen Vater mit ganz anderen Augen gesehen. Warum hätte er mir das verschweigen sollen? Hat Vater selbst nichts über meine Mutter – seine Liebe – gewusst oder hat er Angst gehabt, auch mich zu verlieren, wenn er etwas gesagt hätte?

Stehe ich wirklich so blind vor meinem Leben oder spinne ich mir nur noch eine Geschichte zusammen, mystifiziere sie, um dem Bedeutungslosen Bedeutung zu geben und meine Taten zu rechtfertigen?

Beim Haus angekommen, lege ich mich in die Wiese und sehe in den Sternen ein wildes Meer an Bildern.

Morgen.

Ein Klopfen an der Tür.

Ich liege im Bett. Erst vor wenigen Stunden habe ich mich von unten nach oben gekämpft und bin noch immer angezogen.

Es klopft nochmals.

Ich fahre hoch und stehe schnell vom Bett auf.

Sie?

Alles dreht sich. Mir wird schwarz vor Augen und mein Blick verschwimmt. Ich muss mich wieder zurücklegen, während mein Herz rast und mir am ganzen Körper Schweiß ausbricht. Mein Kreislauf spielt verrückt. Ich atme lange und tief durch. Ganz ruhig. Fühle jetzt nur noch die Kälte. Gänsehaut.

Wieder das Klopfen.

Ich halte mich mit den Händen am Bett fest und mit einem Ruck drücke ich mich hoch, bis ich aufrecht sitze.

Es geht.

Nachdem ich mich langsam gefangen habe, kommt die Aufregung in mir hoch. Was wird sie über meine Worte sagen? Wird sie mir um den

Hals fallen, mich küssen, wie ich es letzte Nacht geträumt habe, – irgendwo zwischen Bildern einer fremden Frau im Schatten, die mir *Granatapfelkerne* in meine Wiege reicht.

Ich öffne die Tür und der Sohn des Bestatters steht vor mir. Wir müssen eine Abholung im Krankenhaus machen. Ich steige in den Leichenwagen. Auf dem Rücksitz liegt ein kaum sechzig Zentimeter langer Sarg, der weiß lackiert worden ist.

Nur drei Tage hat das Kind überlebt. In solchen Fällen gibt es gewöhnlich eine eigene Bestattungsart und zeremonielle Formeln, aber die Eltern wollen ihm zumindest im Tod ein ganzes Leben zugestehen.

Die Pathologie gibt den Leichnam frei und wir hüllen ihn in ein selbstbesticktes Tuch, das die Familie uns mitgegeben hat. Meine Hände zittern, als ich sie unter den winzigen Körper schiebe und ihn in die Truhe hebe, die der Jungbestatter mit einem weißen Polster auslegt. Wir verschließen den Deckel und machen uns auf den Weg zum Friedhof, um mit den Vorbereitungen zu beginnen.

Es ist ein unerträglich heißer Tag. Ich trage nur ein Hemd, aber schwitze jetzt schon. Die Hitze steht in der Luft und lässt meine Haut glühen. Ich fühle, wie sich Schweiß auf meinem Rücken bildet. Er löst sich Tropfen für Tropfen von meinen

Schulterblättern und rinnt langsam meine Wirbelsäule hinab. Mein Körper bebt und ich fühle mich wie in einem Fiebertraum.

Gestützt von zwei Männern kommt die junge Mutter zur Aufbahrungshalle. Sie geht durch die Tür. Ein Aufschrei folgt, der mir bis ins Mark fährt. Langsam wird sie weitergeführt. Nach und nach kommen die Angehörigen und Bekannten und jedes Mal ertönt der Schrei von neuem.

Der Raum ist schnell gefüllt.

Ein Raunen, Weinen.

Der Schmerz ist in der Luft zu schneiden.

Ich bleibe im Hintergrund, versuche die Fassung zu wahren und lenke mich mit anderen Gedanken ab, bevor mein Auftritt folgt.

Der Zeremonienmeister spricht von dem Wert jeglichen Lebens. Er spricht von dem Glück, das dieser kleine Mensch seinen Eltern bereitet hat.

Stille setzt ein.

Bis zur Tumba gehe ich langsam den Teppich entlang und verbeuge mich vor dem Sarg. Ich hebe ihn an und folge dem Pfarrer mit seinem Kreuzträger hinaus. Hinter mir schließt der Trauerzug auf.

Es ist ein langer Weg zum Grab. Wir gehen langsam. Die blanke Sonne trifft mich mit ihrer vollen Wucht. Nirgends Schatten. Jede Pore meines Körpers öffnet sich und läuft aus. Die kleine Truhe hat kaum ein Gewicht, aber meine Hände beginnen schon nach wenigen Schritten zu zittern. Der Sarg wird immer schwerer, als würde ihn irgendetwas hinabziehen. Ich habe bald keine Kraft mehr, um das Gewicht zu halten.

Die Schweißperlen werden größer. Keine Gedanken, nur noch das Ziel vor Augen. Mir rasen tausend Bilder durch den Kopf, was passieren würde, wenn die Truhe jetzt aus meinen Händen gleiten würde. Ich spüre meine Arme nicht mehr, aber ich überwinde meinen Körper, meine Schwäche und gehe einfach weiter; über mich selbst hinaus.

Die Hitze kommt von oben, von unten, von überall. Die Straße ist frisch asphaltiert und glüht förmlich. Ich sehe vor mir Spiegelungen des Lichts, sehe Dinge, die gar nicht da sein können.

Der Leichenzug zieht an einem brach liegenden Feld vorbei, wo kleine Holzkreuze stehen, die in einem Meer aus Stofftieren und Spielzeug verschwinden. Es kann nicht mehr weit sein, aber der Weg fühlt sich endlos an.

Ich sehe kaum mehr durch meine Augen, die rot vom Salz sind, und will nur, dass es endlich vorbei ist. Meine Arme sinken hinab. Ich versuche meine Ellbogen gegen mein Becken zu stützen, um mir etwas von der Last zu nehmen, aber es nützt nichts.

Endlich!

Ich erkenne die Silhouette einer bekannten Gestalt.

Der Totengräber!

Wenige Meter noch. Die letzten Schritte bis zum Grab. Ich gehe über das Gras und dort, auf einer freien Fläche, steht der Ablassmechanismus. Er ist nicht für so kleine Särge gemacht, die Bänder sind zu weit auseinander und die Truhe würde ohne Umschweife ins Grab fallen, wenn ich sie jetzt darauf platzieren würde.

Der Totengräber sucht nach einem Brett. Er fummelt herum. Meine Hände zittern. Ich stöhne vor Verzweiflung leise in mich hinein. Meine Muskeln spielen verrückt. Alles schmerzt. Ich beiße die Zähne zusammen und versuche noch irgendwie, das Gewicht zu halten.

Noch nie habe ich solch eine Erschöpfung empfunden.

Der Totengräber legt ein Brett über die Bänder. Endlich kann ich das Kind loslassen und es dem Grab übergeben. Ich schneide selbst das schwarze Trauerband vom Kreuz, um es auf den Sarg zu legen, und wische mir den salzigen Schweiß aus dem Gesicht.

Der Pfarrer spricht die letzten Worte, und der Totengräber beginnt die Truhe in die Tiefe zu kurbeln. Die Familie weint bitterlich und ich sehe dem kleinen, weißen Sarg nach, wie er langsam in die Erde gesetzt wird. Es wackelt. Die Konstruktion ist nicht stabil und die Truhe droht in jedem Moment vom Gerüst in die Tiefe zu stürzen. Ein Ruck nur und er entwischt den Seilen. Ich höre schon die Schreie in meinem Ohr. Panik in mir, aber es passiert nichts.

Alles ist gut gegangen.

Ich atme tief durch und höre die letzten Tränen fallen.

Noch einmal blicke ich dem Sarg hinterher und erkenne, dass er falsch herum ins Grab gesetzt worden ist.

Kann es sein? Oder halluziniere ich?

Niemand sagt etwas. Keiner macht irgendwas und so bleibt das Neugeborene in entgegengesetzter Richtung im Loch liegen.

„*Das hier – es ist alles falsch!*“, schreit wutentbrannt eine Stimme in mir.

Während sich die Trauergäste verabschieden und langsam gehen, belade ich in der Aufbahrungshalle den Blumenwagen mit den Kränzen und Buketts. In kaum zu ertragender Hitze schiebe ich ihn zur Ruhestätte.

Der Totengräber steht rittlings über dem Grab und setzt zögerlich seine Zange an, um das letzte Band zu lösen.

Unter dem Apfelbaum im Garten warte ich auf sie. Wie beim ersten Mal soll sie mich finden. In meinen Augen wird sie lesen können, dass ich nicht mehr weglaufen werde.

Vielleicht sitzt sie gerade über meine Worte gebeugt und liest in meinem Buch, liest mich, wie noch kein Mensch zuvor. Niemandem habe ich bisher einen Blick in meine Welt gewährt. Wird sie verstehen, was hinter den Worten steckt?

Warte.

Warte.

Warte.

In tausend Gedanken versunken ernüchtere ich langsam von dem Rausch und der Aufregung, die sich in einen einzigen Zweifel wandelt.

Was habe ich getan?

Was soll sie mit meinen wirren Notizen anfangen, die nicht einmal ich verstehe und aus gutem Grund nicht mehr gelesen habe? Was soll ihr dieses Meer an Toten, die ich in mein Buch eingeschrieben habe, über mich erzählen?

Wird sie mich je lieben können, wenn sie in meinen Blick eintaucht, der mir nach und nach zu einem abgestumpften Instrument verkommen ist, um die Qual ertragen zu können?

Ich drehe mich im Kreis.

Nein, sie darf es nicht lesen. Sie wird es nicht verstehen. Niemand versteht, der nicht seit Anbeginn vom Tod aus auf das Leben schaut. Die Worte haben weder mit ihr noch mit uns zu tun. In ihnen drückt sich bloß der Kampf meiner verlorenen Trauer aus.

Es war ein Fehler!

Ich muss zu ihr, bevor es zu spät ist und sie – wie ich – zu tief gedrungen ist.

Das Haus ist unbeleuchtet. Ich werfe einen Kieselstein gegen ihr Fenster.

Nichts rührt sich.

Die Kirchenglocken schlagen.

Ich laufe zum Heurigen. Im Garten keine Spur von ihr. Durchs Fenster blicke ich in die volle Stube. Sie sitzt mit einer Gruppe von Menschen in einer Runde. Ich kenne sie alle von früher, aber sie sind mir unendlich fremd.

Nur sie kann mich verstehen!

Ich versuche ihren Blick zu treffen, ihr ein Zeichen zu geben, damit sie zu mir kommt. Sie sieht mich aber nicht.

Vor dem Eingang warte ich, bis sie aus der Gaststube tritt. Es dauert nicht lange und sie verlässt die Gruppe, um sich allein die Sterne anzusehen – *was sie sich schon als Kind nie nehmen ließ.*

Sie geht die Weinkeller entlang und legt sich auf einen kleinen, grasbewachsenen Hügel. Ich setze mich zu ihr und nehme ihre Hand in meine. Sie reagiert nicht und blickt weiter in den Nachthimmel, während ich nur sie sehe.

„Ich bin zu müde, um dich wegzuschicken", sagt sie mit niedergeschlagener Stimme.

„Dann mach es nicht!", antworte ich.

Sie schweigt.

„Ich bin hier und bleibe. Dieses Mal laufe ich nicht davon. Wir haben Zeit – alle Zeit, die wir uns nehmen. Wir haben ein …"

„Hör auf, bitte!", unterbricht sie mich. „Diese romantische Rederei, an die wir geglaubt haben, lass es einfach. Wir können die Zeit nicht zurückdrehen. Es ist zu spät!"

„Aber ich werde warten! Egal, wie lange es dauern wird."

„Du weißt nicht, wovon du sprichst. Geh! Ich bitte dich. Tu mir nur diesen einen Gefallen. Mehr verlange ich nicht. Lass mich gehen!"

Mir fehlt die Luft zu atmen, ihr zu antworten. Als ich es doch versuche, nach Worten ringe, springt sie auf und läuft einige Schritte weg.

„So kann es nicht enden", schreie ich ihr nach.

„Es hat nie begonnen!"

Ich eile zu ihr und erkenne in ihrer Tasche das Papier mit meinem Buch darin.

„Hast du es gelesen?"

„Das ist deine einzige Frage?", antwortet sie zynisch.

„Aber … es ist alles, was ich bin. Alles, was …"

„Hör auf! Das hier hat nichts mit dir – nichts mit uns zu tun."

„Aber… sie…", ich stocke und kann nichts mehr sagen.

Sie wirft das Buch vor meine Füße.

„Wie viele sind es?"

Ich verstehe ihre Frage nicht.

„Wie viele sind es?", wiederholt sie bestimmt.

„Tote?“

„Bücher!“

„Ich habe aufgehört zu zählen.“

Es scheint ein Kampf in ihr zu herrschen, den ich nicht begreife. In ihrem Gesicht wechseln Tag und Nacht. Ein Flirren auf der Oberfläche. Jeder Versuch, aus ihrer Mimik etwas zu deuten, misslingt mir und läuft ins Nichts. Immer wieder dreht sie sich weg, setzt an zu gehen, bis sie letztlich ganz dicht an mich herantritt.

„Du versteckst dich unter einem Berg von Toten, aber hinter all dem, wo bist du? Wo? Du verkriechst dich in Geschichten anderer und leidest an ihnen, statt selbst zu leben. Du beschreibst ein Ritual, aber nicht die Personen. Verstehst du nicht? Du siehst gar keine Menschen mehr um dich, nur Tote mit Zeitschein fürs Leben. Diese Leichen, die du beschreibst, ihren letzten Weg bis zum kleinsten Detail nachzeichnest, ohne jegliche Emotion, kein einziges Mal hast du deinen Blick gehoben und zu den Hinterbliebenen geschaut. Du weißt nichts von ihnen, von ihrer Trauer und ihrem Verlust eines geliebten Menschen, der von ihnen genommen wurde, als hätte man ihnen einen Fuß abgeschnitten oder das Herz aus ihrer Brust gerissen. Abläufe, Rituale, Oberflächen, nichts anderes schilderst du und stellst dazu völlig belanglose Reflexionen an. Du bist ein Leierkasten an Lächerlichkeiten, der den Tod als großes Mysterium sieht, statt als Teil des Lebens. Aus jedem Wort höre ich die Stimme eines widerlich, wehleidigen Weltschmerzhypochonders dringen! Du schreibst von deinem speziellen Blick auf den Tod, aber dort, wo es wehtut, wendest du deine Augen stets ab und läufst weg. Für meinen Bruder, deinen besten Freund, und selbst für deinen eigenen Vater – nicht eine Träne hast du für sie vergossen und jede Erinnerung an sie ausgelöscht, weil es für dich leichter zu ertragen war. Sie sind gestorben, aber du hast sie getötet – in deinem Vergessen."

Sie hält kurz inne.

„Ich habe noch niemanden gesehen, der so große Angst vor dem Leben hat."

Mit zittriger Stimme versuche ich etwas zu erwidern. Ich schaffe es erst nach etlichen Versuchen, in denen ich immer wieder abbreche:

„Du verstehst es falsch. Ich bin diese Person nicht mehr. Du hast mich aufgeweckt, mir den Weg gezeigt, um mich zu erinnern, endlich die Trauer zuzulassen. Ich habe mich geändert. Du hast mich verändert, das sollte dir das Buch zeigen. Was wir haben, dafür werde ich kämpfen!"

„*Worte. Worte. Worte.* Nichts als Worte. Seit du zurück bist, hast du dich keinen Zentimeter bewegt. Vielleicht willst du fliehen, aber deine Taten sprechen eine andere Sprache. Du hast dich im Tod eingerichtet und kannst dich jetzt nicht einfach fürs Leben entscheiden, wie du vielleicht denkst. Das Leben ist keine Entscheidung. Man muss es *leben,* an jedem einzelnen Tag aufs Neue, und das ist das Schwierigste überhaupt.“

Ich bebe, aber weiß nicht, mit welchen Worten ich sie für mich gewinnen kann.

Ihr Gesicht wird starr, regungslos:

„Du solltest gehen. Verschwinde einfach, wie du es damals gemacht hast. Niemand braucht dich, niemand will dich hier. Ist es nicht das, was du wolltest? Deine Freiheit, die du letztlich immer nur dem Tod geschenkt hast.“

Sie dreht sich weg und verzweifelt halte ich sie zurück.

„Es ist zu spät!“, sagt sie nur.

Ich küsse sie.

Ihre Augen bleiben kalt und ausdruckslos.

Zu jeder Erniedrigung bin ich jetzt bereit, damit sie nicht geht. Ich werfe mich auf den Boden. Gehe auf die Knie. Bettle sie an. Drehe durch.

Ich tanze meinen Wahn im Ausdruck.

Es berührt sie nicht.

„Ich liebe dich“, schreie ich in die Finsternis.

Stille.

„Du hast noch nie jemanden geliebt. Nicht einmal dich selbst.“

Sie dreht sich weg und geht langsam ab.

Es braucht einige Zeit, bis ich mich vom Schlag ihrer Worte fange, und schreie ihr unzusammenhängende Laute hinterher. In dem Moment, in dem ich ihr wieder nachlaufen will, stoßen mich drei Männer zu Boden. Mit ihrem ganzen Gewicht drücken sie mich auf die Erde.

„Lasst mich“, schreie ich und versuche mich loszureißen. „Ich muss zu ihr.“

Irgendwie schaffe ich es, mich aus der Umklammerung zu befreien. Ich dränge an dem dreiköpfigen Monster vorbei, doch es gelingt mir nicht voranzukommen. In letzter Verzweiflung hole ich zum Schlag aus und kassiere postwendend eine Faust in den Unterleib.

„Lass deine Finger von ihr“, höre ich eine Stimme sagen. „Du kannst früh genug deine Schaufel für sie schleifen.“

Einer von ihnen will zu einem weiteren Schlag ausholen, aber die zwei anderen halten ihn zurück.

„Es ist genug“, sagen sie und gehen.

Ich falle auf die Knie.

Der Körper pocht von den Schlägen und meine Gedanken rasen von ihren Worten.

Es kann nicht sein. Nicht sie!

Ist alles, was ich berühre, dem Tod geweiht?

Nebel über den Gräbern. Die Sonne findet ihren Weg auf die Erde nicht. Ich fühle und sehe die Feuchtigkeit in der Luft, die kleine Tropfen an den Härchen in meinem Gesicht bildet. Gehe durch das Dickicht, als würde ich meine eigene Furche im Weg ziehen.

Die Ruhestätte liegt genau in der Mitte des Friedhofs. Ich hole die Kiste für die Erde und stelle sie Teil für Teil auf. Zehn Jahre liegen zwischen mir und dem letzten Sarg, wie ich eingraviert auf dem Stein lese.

Die Tochter möchte ihren geliebten Vater zu sich – in ihre neue Heimat – holen und hat eine Exhumierung in Auftrag gegeben. Ich platziere die neue Truhe, die bereits gestern geliefert wurde, auf die andere Seite des Grabes und hebe den Deckel weg.

Schon auf Knöchelhöhe beginnt der Dreck: Nasse, graue Erde, die am Blatt der Schaufel hängen bleibt und sich einfach nicht lösen lässt. Bei fast jedem Stich muss ich mit der Kelle die Erde abschaben.

Reiner Lehm jetzt.

Mit der Schaufel wird es ein aussichtsloses Unterfangen, also hole ich die Gabel aus der Totengräberkammer. Bei jedem Stich bleibt ein Zacken an einem Stein hängen und ich rutsche ab.

Grabe, aber sehe keinen Fortschritt.

Nicht ein geordneter Stich ist möglich und so kratze ich nur an der Oberfläche. Es kostet mich meine ganze Kraft, um weiterzumachen. Jede Bewegung ist anders, unorthodox, und lässt mich keinen Rhythmus finden.

Lehmbrocken um Lehmbrocken hebe ich aus dem Loch und schlage mit der Gabel gegen den Rand der Kiste, um sie vom Dreck zu lösen.

Der feuchte Schlamm spritzt in alle Richtungen.

In Bauchtiefe ein dumpfes Geräusch.

Buff.

Ich stoße mit der Gabel gegen das Holz des Sarges. Nach einigen Stichen habe ich den Deckel freigelegt und ich nehme den Krampen zur Hand.

Buff.

Buff.

Buff.

Ich schlage auf den Deckel ein und das Bild verschwimmt vor meinen Augen. Gehe völlig in der Anstrengung auf und höre nur die dumpfen Schläge gegen die Truhe.

Buff.

Buff.

Buff.

Als würde mein Geist mich verlassen und ich sehe mir selbst – wie meinem Vater damals – von oben zu: Der Schweiß bildet Perlen in meinem Nacken. Die Wärme strömt aus meinem Körper und löst sich in der Luft in eine aufsteigende Wolke auf. Dampf über dem nassen Haar am Rand der Altherrenkappe.

Buff.

Buff.

Buff.

Ich werfe die ersten Bretter aus dem Grab. Massives Holz, lackiert und in Feuchtigkeit getränkt. Ein Schimmer von Grün in der Faserung, der wie Schimmel wirkt. Es ist kein gewöhnlicher Sarg, kein weiches Pappelholz, sondern massive Bretter, fast schon Pfosten.

Buff.

Buff.

Buff.

Ich ziele auf die Leimstellen und erst dort lösen sich Teile des Deckels. Immer größere Stücke der Truhe, die ich aus dem Grab werfe. Kleinschlagen kann ich das Holz nicht, egal, welche Wucht ich in der Ausholbewegung der Spitze des Krampens verleihe.

Buff.

Buff.

Buff.

Einzelteil für Einzelteil nehme ich den Sarg auseinander. Ab und zu ein Wurm. Ab und zu weiße Stellen über dem Schwarz der Erde. Die Teile sind schwer und rutschen mir fast aus den Händen, wenn ich versuche, sie aus dem Grab zu heben.

Buff.

Buff.

Buff.

Der Deckel ist weg. Ich stehe in der Truhe. Dort liegt etwas. Es ist flach. Mit einem dünnen Tuch bedeckt. Es ist weiß, was dort liegt. Ich weiß, hier liegt ein Körper, der Rest von dem, was einst ein Mensch gewesen ist, aber selbst mit allergrößter Fantasie, kann ich nichts Menschliches erkennen.

Nein, das ist kein Mensch. Nur ein abstraktes Bild vor mir.

Eine Leiche, die im Grab liegt und aussieht, wie die bis zur Unkenntlichkeit verzerrten und übermalten Portraits eines britischen Malers, den ich verehre.

Ich trete einen Schritt zurück und versinke bis zu den Knöcheln in einer rosa durchschimmernden Substanz, die sich mit dem Schwarz der Erde mischt. Es sieht aus, als würde ich auf Schaumstoff gehen. Mir kommt ein seltsamer Geruch entgegen. Kein süßlicher Duft wie üblich, mehr ein modriger Gestank wie in einem alten Theater.

Ich steche mit der Gabel auf Kopfhöhe hinab und lege den Totenkopf, der eingebettet in gelben Schaumstoff ist, in den neuen Sarg. Wahrscheinlich Obduktion oder Kopfpolster. Jedenfalls kann ich den Geruch jetzt zuordnen.

Der restliche Körper lässt sich nicht als Ganzes aus dem Grab heben, also werfe ich ihn Stich um Stich heraus. Kleidung, Erde, Fleisch oder Knochen: ich sehe keine Unterschiede im Material. Mit jedem Wurf kämpfe ich mich ein Stückchen nach vor. Ich plage mich, aber mir bleibt nichts anderes übrig, als immer und immer weiter zu stechen. Keinen Moment zögere ich und unterbreche nicht, bis das Grab sauber ist, – *als wäre nie ein Mensch in ihm gelegen!*

Nachdem ich fertig bin, schlage ich mit dem Holzstiel auf der Vorderwand der Erdkiste auf, um die festgeklebten Reste von den Zacken zu lösen. Mir spritzt alles ins Gesicht und auf die Lippen. Ich schmeiße die Gabel weg, reiße mir die Handschuhe von den Händen, ziehe meine Jacke aus und fahre mir mit dem Pullover über die betroffenen Stellen, während ich ständig ausspucke.

Habe ich mich mit einer Todeskrankheit infiziert?

Ich klettere aus dem Loch und verschließe den Deckel der neuen Truhe. Der Bestatter sollte jeden Moment kommen, um sie abzuholen und an den neuen Bestimmungsort zu transportieren.

Während ich mir die Hände und das Gesicht an der Wasserleitung reinwasche, blicke ich noch einmal zum Grabstein zurück.

Meinen Namen lese ich.

Vor dem Tor des Hauses geht sie auf und ab. Von der anderen Straßenseite aus beobachte ich sie etwas. Es sieht so aus, als wenn sie mit sich selbst ringen würde. In ihrer Hand hält sie ein Kuvert, das sie immer wieder in den Postkasten stecken möchte, aber es sich dann doch anders überlegt.

Ich trete auf sie zu und frage sie ohne Umschweife:

„Ist es wahr?“

Sie erschrickt kurz und sagt mit einem Lächeln: „Dann hätte ich mir den Brief sparen können.“

„Seit wann weißt du es?“

„Spielt das eine Rolle?“

„Seit wann?“

„Jahre schon. Sie dachten, sie hätten beim letzten Mal alles entfernt, aber jetzt …?“

„Wie lange noch …?“

„Monate, Wochen, Tage! Wer weiß das schon? Mich könnte genauso gut der morsche Ast hier erschlagen.“

„Willst du deshalb, dass ich gehe?“

„Nein! Ja? Respektiere meine Entscheidung und versuche mich zu verstehen. Ich könnte es nicht ertragen, dich zu sehen. Du bist das Leben, das ich nie hatte. Lass mir wenigstens diesen Traum. Es wird sonst noch, noch …“

Sie stockt.

Ich gehe zu ihr und küsse sie. Ihre Lippen bewegen sich nicht. Erst, als ich sie so fest an mich drücke, wie ich nur kann, fällt ihre Spannung ab und sie sinkt in meine Arme.

Ich hebe die Kiste an und kippe sie bis zum maximalen Punkt. Die Erde rutscht nicht hinab. Der Lehm klebt an den Seitenwänden. Ich rüttle an dem Gestell. Nichts bewegt sich. Versuche von der Seite mit der Schaufel an dem Haufen zu arbeiten, doch ich bekomme keinen Zugriff. Nichts hilft mehr, also hole ich den Krampen aus der Totengräberkammer und stelle mich vors Grab. Ich schlage gegen die Erde. Die ersten Brocken lösen sich. Ich schlage und schlage, hole immer weiter aus, damit endlich der Haufen zu rutschen beginnt. Meine Kraft lässt langsam nach und ich verfehle das Ziel. Der Schwung nimmt mir mein Gleichgewicht. Ich falle ins Loch. Mit dem Rücken liege ich auf dem Boden und kämpfe mich nur mit allergrößter Mühe hoch. Ich versuche aus dem Grab zu springen, aber ich habe zu tief gegraben. Nach und nach höre ich, wie sich die Erde von der Kiste löst. Einige Brocken treffen mich am Kopf, bis mit einem Ruck alles herabfällt und mich begräbt.

Klaustrophobische Stille.

Ich schrecke hoch und versuche, Atem zu schöpfen. Seit Nächten verfolgt mich ein und derselbe Traum, in dem ich mir mein eigenes Grab schaufle und lebendig begraben werde.

Wir liegen umschlungen im Bett. Ich höre ihr Herz schlagen, spüre ihren sanften Atem, der über meine Hand fährt und an meinen Haaren Widerhaken findet. Mit meinen Fingerspitzen streiche ich über ihre Schulter, zu ihrem Nacken und flüstere ihr etwas ins Ohr.

„Du machst es schon wieder“, sagt sie leise.

„Was?“, frage ich.

„Du machst mich zu etwas, was ich nicht bin.“

Stille.

Sie sieht aus dem Fenster und spricht gedankenverloren:

„So soll es sein – so soll es für immer sein. Eine ewige Erinnerung, ein Gefühl, das uns als Menschen nicht verlangt. Einen Augenblick, mehr brauchen wir für unsere Ewigkeit nicht. Lass mir diesen einen Moment, diesen Traum von uns! Es ist alles, was bleibt.“

Ich möchte etwas erwidern, aber sie unterbricht mich sofort.

„Diese ganzen Abschiedsszenarien, ich hatte sie schon – mit dir soll es anders sein. Geh und blicke nicht zurück! Um mehr bitte ich dich nicht.“

Sie küsst meine Augen in die Nacht.

Ich sitze im Erdgeschoss und starre an die weiße Wand vor mir, die einst genügt hat, um mein Leben zu füllen. Schatten ziehen vorbei. Spiele im Licht. Mit jeder Stunde werden die Narben und Einkerbungen andere.

Seit sie gegangen ist, beginnt die Wand zu bröckeln.

Es klopft an der Tür.

Mit dem Bestatter und drei anderen Hilfskräften fahre ich zu einem Bauplatz, wo mit Ausgrabungen für einen Keller begonnen worden ist. Der Bagger ist auf massive Steinblöcke gestoßen und hat die Ruine einer alten Kirche freigelegt. Archäologen haben sich der Sache angenommen, die Grabungen weitergeführt und ein altes Beinhaus entdeckt: Knochen vom Mittelalter bis ins neunzehnte Jahrhundert schätzen sie.

Die Erde ist nass und lehmig. Der Bagger hebt das Erdreich im und um das Ossarium aus und belädt einige Container damit, die ein Kranwagen zu einer freien Fläche bringt und wieder auskippt.

Vor uns liegt ein riesiger Erdhaufen, aus dem wir die Knochen klauben müssen. Von jeder Seite bearbeiten wir den Berg. Mit wasserdichten Handschuhen lösen wir zunächst die Gebeine heraus, die an der Oberfläche liegen oder nur leicht begraben sind und werfen sie auf einen eigenen Haufen.

Die Skelette sind zum größten Teil durch die Ausgrabungen in kleine Splitter zerbrochen, die kaum mehr zu erkennen und nur am Gewicht von den Steinen zu unterscheiden sind. Die Knochen sind leicht, völlig schwarz durch die lehmige Erde, und bei zu festem Griff zerbröseln sie in meiner Hand zu Staub.

Kalkfasern seelenloser Existenz.

Ich grabe mich in den Berg hinein und werfe Knochen um Knochen über meine Schulter.

Stunden, Tage, Wochen?

Ich weiß nicht mehr, wie lang ich schon vor diesem Haufen sitze und mechanisch Steine von Skeletten trenne. Grabe und grabe, aber der Berg wird nicht kleiner.

Es ist aussichtslos.

Jeden Morgen bringen sie neues Material und das Spiel beginnt von vorne, als wäre es meine Strafe für die Ewigkeit.

Weiße Wand und schwarze Erde.

Ergebe mich der Routine der Todesarbeit und verbringe meine Abende schweigend im Wirtshaus. Ich bin nicht der Einzige, der allein an einem Tisch sitzt und gedankenverloren in sein Bier oder seinen Wein starrt.

Wie viele von diesen Menschen, die ich damals kaum wahrgenommen habe, haben mein Vater und ich begraben? In jedem Gesichtszug der Fremden um mich bricht ein neuer Erinnerungsfetzen frei. Menschen, von denen ich gar nicht gewusst habe, dass sie noch irgendwo in mir weilen:

Da ist der 55-jährige Boxer, der aus der Irrenanstalt ausbricht, über die Autobahn läuft und in drei Plastiksäcken im Sarg endet, die – beim Hinablassen ins Grab – hin und her rollen und dabei so stark gegen die Wände schlagen, dass die Truhe aus den Seilen rutscht und ungebremst auf den Boden kracht.

Und da ist der 60-jährige Taubstumme, der von einem Auto auf der Landstraße erwischt wird, als er gerade vom Wirtshaus nach Hause geht. Jeden Tag sitzt er hier, wo ich jetzt sitze, und bestellt mit den Fingern. Ein Finger: Ein Krügerl und ein Stamperl. Zwei Finger: Nur ein Krügerl. Drei Finger: Eine Melange. Mehr Finger hat er nicht mehr. Er ist Tischler gewesen. Sein Zwillingsbruder stirbt am selben Tag wie er auf einer anderen Landstraße. Zufälle, über die ich mir nie Gedanken gemacht habe.

Und da ist der 20-jährige Angestellte, der mit seinem Vater immer in der hintersten Ecke des Wirtshauses sitzt. Eines Tages stellt er seinen Firmenwagen auf einen abgelegenen Feldweg, von wo aus er in die Weite blicken kann. Er zieht seinen Gürtel aus der Hose, klemmt ihn in die Tür und erhängt sich. Er geht dabei in die Knie und könnte leicht mit seinen Füßen das Gewicht auffangen. Sein Todeswille siegt über seinen Überlebenstrieb. Er hat den Reflex zu leben überwunden. Es gibt keinen Abschiedsbrief, aber die Leute sprechen davon, dass er einen unheimlichen Druck von den Eltern gehabt hat. Seine Freunde reden von einer unerfüllten Liebe. „Aber er hat nie etwas gesagt“, sagen alle.

Und da ist die 85-jährige Frau, die noch kurz vor ihrem Tod meinem Vater lange beim Graben zusieht und mir ihre Geschichte erzählt. Ganz nah trete ich an sie heran, um jedes Wort von ihr zu verstehen. Sie lehnt sich an meine Brust und spricht mit zarter Stimme von ihrer Kindheit. Kurz bevor sie sich verabschiedet, blickt sie noch einmal ins Loch und sagt Worte, die ich bereits aus so vielen Mündern gehört habe: „Den Weg müssen wir alle einmal gehen. Es bleibt niemandem erspart."

Und da ist der 49-jährige Hilfsarbeiter, der nie seine Dorfgrenze verlassen hat, und als er das erste Mal in seinem Leben ans Meer fährt, durch den Sprung ins kalte Wasser an einem Herzinfarkt stirbt und gleich vor Ort kremiert wird. Seine Asche geht auf dem Postweg verloren und er umrundet einmal die Welt, bis er zurück in seine Heimat kommt.

Und da ist die 60-jährige Frau, die zu dick für einen Standardsarg ist, wir nur unter größter Anstrengung in die Übergröße quetschen können und schließlich zu sechst zum Grab tragen müssen, wo sie in der Einfassung stecken bleibt.

Und da ist der 58-jährige Vizeleutnant, der von seinem 88-jährigen Kameraden mit einem militärischen Gruß und den Worten: „Dein Tod hat keine Macht über uns!" verabschiedet wird.

Und da ist der 42-jährige Beamte, der aus Angst vor der heutigen Welt seine beiden Töchter tötet, um sie zu *beschützen,* und danach sich selbst umbringt. Auf ausdrücklichen Wunsch der Mutter wird der Vater gemeinsam mit seinen Kindern begraben.

Und da ist das 9-jährige Mädchen, das im weißen Kleid ihrer Erstkommunion begraben wird und der ständig lachende Pfarrer davon spricht, wie schön sie nicht gesungen hätte und sie vielleicht deshalb der Herrgott so früh zu sich bestellt hat, damit sie jeden Tag für ihn singen kann.

Und da ist die 92-jährige Frau eines Kommunisten, der ihr, statt einer Parte, ein Manifest seiner Trauer widmet, in dem er seinem Schmerz freien Lauf lässt und mit den Worten schließt: „*Dass mir auch das grausamste Schicksal die liebevolle Erinnerung an meine so unendlich Geliebte nicht aus dem Herzen reißen kann, ist leider nur ein sehr schwacher Trost. Wie und ob ich damit überhaupt noch weiterleben kann, weiß ich nicht. Jener Mensch, der ich einmal war, ist mit meiner so über alles Geliebten leider auch gestorben.*“ Wenige Wochen später stirbt er ihr nach.

Und da sind so viele Menschen, Geschichten und Namen, so viele Lebensläufe, die mit mir und meinem Vater geendet haben.

Und jeden Tag klopft ein anderer Toter an meine Tür und ich lasse ihn herein. Sie sitzen alle neben mir und ich finde kaum noch Platz für mich.

Manchmal denke ich, die Menschen sterben nur wegen mir, weil ich da bin und ich mich schlecht fühle. Als wären meine Hände die Sense des Todes. Wenn ich nicht wäre, vielleicht gäbe es nur das Leben?

Weiße Wand und schwarze Erde.

So lange starre ich in die Finsternis, bis mir jedes Licht verloren geht.

Gibt es ein Ende des Tunnels?

Sie hat gesagt, dass ich gehen muss. Ich zögere es hinaus, durch die täglichen Routinen, aber kann so nicht mehr weiterleben.

Es ist ihr Wunsch, also gehe ich. Ich verstehe, wie sie denkt. Wäre es anders herum, würde ich auch nicht wollen, dass sie mich sieht, wenn ich hinüberschreite. So bleibt sie ein Geist für mich: *ein Schatten einer Liebe ohne Ende.*

Ich beschwichtige mich mit Floskeln und Bildern, die ich einst verweigert habe. Sie helfen nur bedingt. Nichts mehr von dieser zarten Melancholie, von diesem verschwommenen Bild des Lebens, in dem sich alles dumpf um mich bewegt und den klaren Blick zerstört. Es ist, als wäre der Schleier von meinen Augen gefallen und erstmals sehe ich klar, sehe diese Bestie an Leben, die sich nicht beherrschen lässt und mich zerfleischt.

Wer wird aus meinem Blut heraussteigen?

Noch einmal setze ich mich aufs Rad und fahre meine Wege ab:

Der Friedhof.
Der Heurige.
Die Kellergasse.
Der Teich.
Der Wald.
Der Lagerfriedhof.
Die Gloriette.

Der Fluss, wo ich meinen Kopf unter Wasser halte und so laut schreie, wie ich nur kann, bis die Welt um mich verstummt.

Das Amphitheater…

Ich packe meine Tasche.

Die Bücher, meine Notizen zu den Toten, denen ich eine Stimme gegeben habe, bis ich meine nicht mehr gefunden habe, lege ich in eine Kiste, die ich auf dem Dachboden des Hauses verstaue. Wenn es irgendwann einstürzt, dann wird meine Geschichte hier begraben liegen.

Ich schiebe die Box in die letzte Ecke und entdecke den alten Zitherkoffer meiner Großmutter. Er ist völlig verstaubt. Ich wische über den Deckel, möchte ihn öffnen, aber irgendetwas hindert mich daran.

Ich laufe weg.

Der Bus bringt mich eine Stunde vor Abfahrt des Zuges zum Bahnhof. Ich sitze etwas abseits auf einem stillgelegten Gleis einer alten Erbsenfabrik und sehe zu, wie langsam die ersten Blätter von den Bäumen fallen. Der Herbst kommt und ich stecke meine Hände in die Manteltaschen.

Ihr Brief!

Ich ringe mit mir selbst, ob ich die Versiegelung brechen soll. Hat sie mir nicht bereits alles gesagt? Soll ich das letzte Bild von ihr zerstören und mir den tröstlichen Abschied nehmen?

Meine Neugier ist zu groß. Unmöglich kann ich den Brief nicht lesen. Jedes Wort von ihr ist mir jetzt mehr wert, als jeder meiner Atemzüge. Ich kann nicht widerstehen:

Worte über ihre Krankheit in einem klinischen Ton, der mich erschreckt. Die wiederholte Bitte, sie gehen zu lassen, jetzt, wo sie gelernt habe, damit zu leben, es akzeptieren kann, nach so langem Kampf…

Ich muss abbrechen. Es ist zu viel.

Wut, Hass und tiefster Zorn: die schrecklichsten Gefühle kommen gleichzeitig in mir hoch. Sie sind auf sie, auf mich, auf die Welt gerichtet. So vieles habe ich vom Tod gesehen, alles, was man im Leben von ihm entdecken kann, aber es hilft mir nichts in diesem Moment. Ich bin zu tief gedrungen. Wieder bin ich an diesem einen Punkt angelangt.

Es hat sich nichts geändert.

Der Zug fährt ein und ich breche unter Tränen zusammen.

Ich weine und kann nicht mehr aufhören.

Die Türen schließen.

Ich bleibe zurück.

Nein, ich gehe nicht.

Diesmal nicht!

Immer und immer wieder läute ich an ihrer Tür. Niemand öffnet mir. Die Nachbarin sagt, dass sie im Krankenhaus ist.

Heute fährt kein Bus mehr. Aus dem Schupfen hole ich das Rad und trete in die Pedale. Es ist ein langer Weg, aber ich kann nicht warten. Ich ertrage es keine Sekunde länger.

Hügel hinauf. Hügel hinunter.

Der Schweiß rinnt mir über das Gesicht. Autos rasen an mir vorbei, hupen, weil ich sie behindere. Es kostet jedwede Kraft, die ich aufbringen kann, um zu ihr zu gelangen.

Erschöpft komme ich im Krankenhaus an.

Die Besuchszeiten sind längst vorbei und ich schleiche mich in ihr Zimmer.

Sie schläft.

Ihr Herz schlägt schwach.

Ich rücke einen Stuhl an ihr Bett und setze mich zu ihr. Auf ihrem Nachtkasten liegt das Buch der Mythen und Legenden, das sie so liebt. Eine Seite ist aufgeschlagen. Ich lese ihr die Geschichte von *Persephone* vor, die in die Unterwelt entführt wurde, aber jeden Frühling wieder ins Leben treten darf. Und ich erzähle ihr von ihrem Sohn – den *Mythos des Totengräbers*, der nirgends geschrieben steht –, der unter den Lebenden nur Tote sieht, bis ihn die erste Liebe aus seiner Qual erlöst.

Mitten in meine Worte hinein schreckt sie hoch wie nach einem langen, tiefen Traum. Ihre Augen sind leer. Orientierungslos blickt sie um sich, als wüsste sie nicht, wo sie ist. Sie scheint mich nicht zu erkennen.

„Bin ich tot?", fragt sie diese Gestalt vor sich, die alle für sie sein könnten.

„Nein", sage ich nur und streiche über ihr Gesicht.

Stille.

Ihre Atemzüge werden länger. Sie atmet ein, wie wenn sie um jedes bisschen Luft ringen müsste. Ich lege ihre Hand, die so weich und zart ist wie am ersten Tag, als wir uns gemeinsam erkundet haben, an meine Brust. Das sanfte Pochen an ihren Fingerspitzen soll sie beruhigen.

Ihr Herz schlägt unregelmäßig und in längeren Abständen.

Sie atmet tief ein.

Lange nichts.

Und sie atmet wieder aus.

Der Vorgang wiederholt sich mehrmals in immer größeren Intervallen. Jetzt und jetzt, denke ich, kommt nichts mehr.

Sie kämpft noch.

Es ist eine Spannung, die ich kaum ertrage. Ich wünsche mir, dass es endlich vorbei wäre, dass sie loslassen würde. Habe so oft zu weinen begonnen, aber im letzten Moment kommt ein Lebenszeichen von ihr.

Nie habe ich mich machtloser gefühlt.

Kurz bevor es ganz still wird, flüstere ich ihr etwas ins Ohr. Sie sieht mich an, lächelt sanft, als wüsste sie, wer ich bin.

Die Zeit bleibt in ihrem letzten Atemzug stehen.

Sie holt Luft.

Tief, lang.

Ihr Kopf bewegt sich leicht nach oben.

Aus ihren Augen weicht das Licht.

Sie atmet nicht mehr aus.

Es ist vorbei.

Ich lege meine Hand auf ihre Brust und fühle die letzten Herzschläge, bis der Stillstand eintritt.

Ein Schlag und …

Sie stirbt.

Der Tag bricht an.

Noch einige Zeit halte ich ihre Hand und gehe erst, nachdem mich die Krankenschwestern aus dem Zimmer bitten. Das Licht flackert im Gang. Einzelne mechanische Geräusche dringen aus den Räumen. Ich setze mich und warte vor ihrer Tür, bis sie in ihrem Bett hinausgeschoben wird.

Die Schwestern haben nichts dagegen, dass ich sie begleite. Gemeinsam fahren wir mit dem Lift zur Pathologie hinunter. Das Bett wird neben einen Metalltisch geschoben. Mit einem Ruck heben wir sie hinüber und eine Schwester legt ein weißes Leintuch über ihren Körper. Ein Prosekturgehilfe will sie in ein freies Kühlfach schieben, aber ich sage, dass der Bestatter gleich kommen werde. Ihm ist es egal. Eine Obduktion wird nicht durchgeführt und sie hat ihren Leichnam nicht der Anatomie verschrieben. Er kennt mein Gesicht, also lässt er mich mit ihr allein.

Sobald der Gehilfe gegangen ist, lege ich das Tuch beiseite. In einer schwarzen Schüssel hole ich etwas Wasser und ziehe ein kleines Stoffstück aus meiner Tasche, auf das eine Lotusblüte gestickt ist. Vater hat es aus meiner Kinderdecke herausgeschnitten und alle Tage bei sich getragen.

Ich beginne sie vorsichtig zu waschen. Sanft tupfe ich über ihre Stirn, ihre geschlossenen Lider. Noch immer sehe ich diesen Menschen vor mir, den ich in jeder Bewegung, jeder Gefühlsregung kenne. Da steht sie vor mir als Kind, als Mädchen, als diese wunderschöne Frau, zu der sie heranwächst und der ich in Liebe verfalle. Ich sehe die Güte in ihren Augen, weiß, wie sie liebt und wie sie vor Zorn bebt.

Langsam streiche ich über ihren Mund, den ihre blassen Lippen verschlossen halten. Ihr Lachen höre ich und ihre zarte Stimme, als würde sie jetzt zu mir sprechen.

Ich gleite über ihren Hals, über die kleine Grube dort, in der ich mein Kinn so viele Stunden vergrabe, wenn sie ganz nah bei mir liegt; diese zarteste Stelle ihres Körpers, die nur dafür gemacht scheint, dass ich meinen Kopf darin schlafen lege.

Meine Fingerspitzen berühren ihre kleinen Ohren, die stets die größten Geschichten hören wollen.

Behutsam ertaste ich mir jede Stelle ihres Körpers, als würde ich ihn ein letztes Mal für mich erkunden. Mit jeder meiner Berührungen mache ich alles an ihr zu einem Teil von mir, bis ich ihre Wärme überall spüre.

Aus ihrem Krankenzimmer hole ich Gewand für sie. Im Schrank hängt das rote Kleid, das ich nur einmal an ihr gesehen habe, als sie auf den Bruchstücken des Amphitheaters balancierte und nicht von Abschied sprechen wollte.

Ich ziehe ihr das Kostüm an und streiche durch ihre Haare, die jeden Glanz verloren haben.

Bis der Bestatter kommt bleibe ich an ihrer Seite und halte ihre Hand.

Es ist ein einfacher Sarg ohne Schnörkel, in den wir sie betten.

Der Leichenwagen fährt ab und ich bleibe zurück.

Noch einige Minuten verharre ich in dem kalten, leeren Raum und blicke um mich. Sie ist fort und wird nicht wiederkommen.

Weder Wut noch Schmerz empfinde ich.

Sehe Bilder von ihr, in denen ich mich geborgen fühle und sie voller Leben ist.

Auf dem Weg nach draußen gibt mir eine Krankenschwester das Buch in die Hand, das noch am Nachtkasten gelegen ist, und ich streiche über die goldenen Lettern des Ledereinbandes.

Ich habe ihr versprochen, unsere Geschichte zu erzählen.

Der Totengräber reicht mir die Schaufel und ich lasse Erde auf ihren Sarg rinnen. Ich nehme Abschied und gedenke meinem besten Freund.

Am Grab meines Vaters zünde ich eine Kerze an. Neben mir steht der Koffer der Zither, den ich vom Dachboden geholt habe, und ich öffne ihn.

Das Bild der jungen Frau liegt darin.

La Mort, notiere ich auf den Rücken und verlasse den Friedhof.

„Wir verdienen die Wahrheit!“

„Aber wie Orpheus weiß ich
auf der Seite des Todes
das Leben."

Ingeborg Bachmann